Contos de amor rasgados

Marina Colasanti

Contos de amor rasgados

3ª edição

EDITORA RECORD
RIO DE JANEIRO • SÃO PAULO
2025

CIP-BRASIL. CATALOGAÇÃO-NA-FONTE
SINDICATO NACIONAL DOS EDITORES DE LIVROS, RJ

C65c
3ª ed.
   Colasanti, Marina
   Contos de amor rasgados / Marina Colasanti. –
3ª edição – Rio de Janeiro: Record, 2025.

   ISBN 978-85-01-08709-6

   1. Contos brasileiros. I. Título.

09-4112
   CDD: 869.93
   CDU: 821.134.3(81)-3

Copyright © 1986 by Marina Colasanti

3ª edição (2ª edição Record)

Capa: Victor Burton

Imagem de capa: óleo sobre tela de Marina Colasanti

Texto revisado segundo o novo Acordo Ortográfico da Língua Portuguesa

Direitos exclusivos desta edição reservados pela
EDITORA RECORD LTDA.
Rua Argentina 171 – 20921-380 – Rio de Janeiro, RJ – Tel.: 2585-2000

Impresso no Brasil

ISBN 978-85-01-08709-6

Seja um leitor preferencial Record.
Cadastre-se e receba informações sobre nossos
lançamentos e nossas promoções.

Atendimento e venda direta ao leitor:
sac@record.com.br

Sumário

Prólogo — Enfim, um indivíduo de ideias abertas   9

Por preço de ocasião   11
O leite da mulher amada   13
Tinha vindo de tão longe   15
Quando já não era mais necessário   17
Amor de longo alcance   19
Concerto para flauta sem orquestra   21
Nunca conspurcando a família   23
E a brisa sopra   25
Como uma rainha de Micenas   27
Nunca descuidando do dever   29
A quem interessar possa   31
Verdadeira estória de um amor ardente   33
Despedida à maneira de Degas   35
Concerto de silêncio, para duas vozes   37
Só uma palavra poderia salvá-lo   39
Perdida estava a meta da morfose   41

E tinha a cabeça cheia deles	43
Atrás do espesso véu	45
Safári entre a cristaleira e o sofá	47
Amor de duas às quatro	49
De fato, uma mulher preciosa	51
Pequena fábula de Diamantina	53
Como um filho querido	55
No silêncio que o sol queima	57
Do fim ao princípio	59
Obedecendo a um ditado chinês	61
A busca da razão	63
Até que a palavra fosse possível	65
Castor e Pólux, sequer pressentidos	67
Olhando para o horizonte da vida	69
Canção para Hua Mu-lan	71
Tudo na manga	73
De água nem tão doce	75
Com a chegada da primavera	77
Como se desenhada por Dürer	79
Enquanto o cão espia	81
Cantata dividida	83
A paixão da sua vida	85
Sendo chegada a hora de descansar	87
Prelúdio e fuga	89
Apoiando-se no espaço vazio	91
Conto em letras garrafais	93
De floração	95
Ela era sua tarefa	97

Primavera em campo de batalha	99
Uma vez por semana, no crepúsculo	101
Uma vida ao lado	103
Tentando se segurar numa alça lilás	105
Mas por ela esperava desde o início	107
Para que ninguém a quisesse	109
Por serviços prestados	111
De um certo tom azulado	113
De volta, para sempre	115
Para sua eterna juventude	117
Na inútil transparência	119
Com quantos cavalos brancos se faz um imperador	121
Fato romântico nas ruas de Paris	123
E não se chamava Polonius	125
No caminho da volta	127
Embora sem náusea	129
Do alto deste pedestal vos contempla	131
Como se fosse na Índia	133
A grande fome do Conde Ugolino	135
No aconchego da grande mãe	137
De cabeça pensada	139
Nunca tiveram muito a se dizer	141
É só não tomar conhecimento	143
Porque os prazeres já não podiam ser os mesmos	145
Melhor um mágico na mão que dois voando	147
Sem novidades do *front*	149
Sem novidades do *front* (II)	151
Para sentir seu leve peso	153

Bela como uma paisagem 155

No mar sem hipocampos 157

Casanova, de amor rasgado 159

Na claridade da noite 161

Prova de amor 163

Cena de Fellini ao cair da tarde 165

O prazer enfim partilhado 167

Antes de alcançar o cabo da Boa Esperança 169

Sem que de nada tivesse adiantado o *Titanic* 171

Além dos espelhos dourados 173

Plano matrimonial 175

Dormiremos à sombra 177

Porque era frio nas horas mais ardentes 179

Estrela cadente no céu da cidade 181

Com a honra no varal 183

A honra passada a limpo 185

Em memória 187

Na água o tempo nada 189

Direto do trabalho 191

Um perfil partido em dois 193

Embora ao largo das ilhas Sirenusas 195

Saídos de um quadro de Newton Rezende 197

Que não lhe passe a vida inutilmente 199

Sem que fosse tempo de migração 201

Uma questão de educação 203

Um tigre de papel 205

Prólogo
Enfim, um indivíduo de ideias abertas

A coceira no ouvido atormentava. Pegou o molho de chaves, enfiou a mais fininha na cavidade. Coçou de leve o pavilhão, depois afundou no orifício encerado. E rodou, virou a pontinha da chave em beatitude, à procura daquele ponto exato em que cessaria a coceira.

Até que, traque, ouviu o leve estalo e, a chave enfim no seu encaixe, percebeu que a cabeça lentamente se abria.

Por preço de ocasião

Comprou a esposa numa liquidação, pendurada que estava, junto com outras, no grande cabide circular. Suas posses não lhe permitiam adquirir lançamentos novos, modelos sofisticados. Contentou-se pois com essa, fim de estoque, mas preço de ocasião.

Em casa, porém, longe da agitação da loja — homem escolhendo mulher, homem pagando mulher, homem metendo mulher em saco pardo e levando às vezes mais de uma para aproveitar o bom negócio — percebeu que o estado da sua compra deixava a desejar.

"É claro", pensou reparando na sujeira dos punhos, no amarrotado da pele, nos tufos de cabelos que mal escondiam rasgões do couro cabeludo, "eles não iam liquidar coisa nova."

Conformado, deitou-a na cama pensando que ainda serviria para algum uso. E, abrindo-lhe as pernas, despejou lá dentro, uma por uma, brancas bolinhas de naftalina.

O leite da mulher amada

No seio direito mamava o marido. Mamava o amante no esquerdo. Sem que um soubesse do outro, e o outro pensasse muito no um. Ambos, porém, cobiçando o peito que não lhes cabia, e que ela negava pretextando ardências — não fosse um esvaziar o seio reservado ao outro, desencadeando um universo de ciúmes.

Mas a posse garantida e o uso constante tornavam o marido cada vez mais exigente, sempre disposto a queixar-se da qualidade do leite. Ora parecia-lhe muito amargo, ora invectivava por achá-lo fraco. E sempre afirmando que o outro seio deveria estar melhor, agredia a mulher por negá-lo, acusando-a inclusive de piorar propositadamente o produto.

A necessidade de solução ficou patente para ela na tarde em que, tomada de desespero, surpreendeu-se invejando as Amazonas. Chamou o marido, e com voz contrita lhe disse que sim, ele tinha razão, fora nos últimos tempos esposa descuidada, permitindo que ele bebesse leite por vezes mais áspero que o das cabras. Isso não tornaria a se repetir. De agora em diante, um provador testaria o leite antes que chegasse aos lábios conjugais e, estando um seio ácido, recorreriam ao outro, para que nunca faltasse o precioso néctar a quem de direito.

E foi assim que, tendo sido nomeado o amante para o cargo de provador, instalou-se este com lábios ávidos, sempre disposto a provar e comprovar, garantindo com sua experiência a satisfação do marido. Agora, um de cada lado, mamam os dois. Enquanto ela, generosa, se oferece na grande cama.

Tinha vindo de tão longe

Enfrentando difícil viagem, foi consultar o oráculo sagrado, embora sabendo que há anos mantinha-se mudo. "Comigo falará", pensou cheio de fé, prostrando-se no templo, sob o olhar vigilante dos sacerdotes.

Mas por mais que implorasse, o silêncio foi único eco à sua pergunta, nenhum som varando os vapores que envolviam o oráculo.

Pago o tributo, saiu na praça ensolarada. Uma nova alegria parecia explodir em cada canto, transbordando risos e brindes pelas ruas, escorrendo danças até o mercado. E ao indagar o porquê de tão súbita felicidade, soube que enfim, consultado por um estrangeiro, o oráculo havia falado.

Só ele, o estrangeiro, nada ouvira.

Quando já não era mais necessário

"Beije-me", pedia ela no amor, quantas vezes aos prantos, a boca entreaberta, sentindo a língua inchar entre dentes, de inútil desejo.

E ele, por repulsa secreta sempre profundamente negada, abstinha-se de satisfazer seu pedido, roçando apenas vagamente os lábios no pescoço e rosto. Nem se perdia em carícias, ou se ocupava de despir-lhe o corpo, logo penetrando, mais seguro no túnel das coxas do que no possível desabrigo da pálida pele possuída.

Com os anos, ela deixou de pedir. Mas não tendo deixado de desejar, decidiu afinal abandoná-lo, e à casa, sem olhar para trás, não lhe fosse demais a visão de tanto sofrimento.

Mão na maçaneta, hesitou porém. Toda a sua vida passada parecia estar naquela sala, chamando-a para um último olhar. E, lentamente, voltou a cabeça.

Sem grito ou suspiro, a começar pelos cabelos, transformou-se numa estátua de sal.

Vendo-a tão inofensivamente imóvel, tão lisa, e pura, e branca, delicada como se translúcida, ele jogou-se pela primeira vez a seus pés.

E com excitada devoção, começou a lambê-la.

Amor de longo alcance

Durante anos, separados pelo destino, amaram-se a distância. Sem que um soubesse o paradeiro do outro, procuravam-se através dos continentes, cruzavam pontes e oceanos, vasculhavam vielas, indagavam. Bússola da longa busca, levavam a lembrança de um rosto sempre mutante, em que o desejo, incessantemente, redesenhava os traços apagados pelo tempo.

Já quase nada havia em comum entre aqueles rostos e a realidade, quando, enfim, numa praça se encontraram. Juntos, podiam agora viver a vida com que sempre haviam sonhado.

Porém cedo descobriram que a força do seu passado amor era insuperável. Depois de tantos anos de afastamento, não podiam viver senão separados, apaixonadamente desejando-se. E, entre risos e lágrimas, despediram-se, indo morar em cidades distantes.

Concerto para flauta sem orquestra

Uma vez por semana, o homem buscava na estante o estojo preto e longo, forrado de seda. De dentro, tirava a serpente.

Entrefechando os olhos para melhor suportar a mordida, aproximava a serpente do braço direito. E esperava que o esgotar-se do suor gélido na testa indicasse ter assimilado no sangue a dose de veneno.

Em breve recomposto, voltava a deitar a serpente entre sedas, fechando o estojo, que encontrava na estante seu lugar.

Assim durante meses e anos.

Deu-se por satisfeito no dia em que, finalmente, após cravar os dentes, a serpente estremeceu, contorceu-se, até quedar rígida, envenenada.

Só por hábito passou o lenço na testa enxuta. Em seguida aproximou a boca da cabeça fria da serpente, umedeceu os lábios, botou os dedos em posição, e soprando de leve começou a tocar.

Nunca conspurcando a família

Duas vezes por semana, o amante ia buscá-la diante da casa da costureira, e no carro de vidros fumês seguiam para o motel no bairro distante.

Chegando ao quarto, entretanto, exigia ela que o amado se despisse no banheiro e de lá viesse, nu, o rosto coberto por uma máscara negra. Só assim se entregava, salvo o tesouro da sua respeitabilidade. Pois, entre gemidos de paixão, como poderia fundamente garantir que o homem mascarado capaz de arrancar-lhe do corpo tais prazeres não fosse, de fato, seu próprio marido?

E a brisa sopra

Ao amanhecer, quando vindo do mar começava a soprar leve vento, subia o rapaz no alto daquele prédio, e empinava a pipa amarela. Batendo o tênue corpo de papel contra as varetas, serpenteando a cauda, lá ficava ela no azul até que o final da tarde engolia a brisa, halitando então a terra sobre o mar, e descendo o rapaz para a noite.

Assim, repetia-se o fato todos os dias. Menos naquele em que, por doença ou sono, o rapaz não apareceu no alto do terraço. E a brisa da manhã começou a soprar. Mas não estando a âncora amarela presa ao céu, o edifício lentamente estremeceu, ondulou, aos poucos abandonando seus alicerces para deixar-se levar pelo vento.

Como uma rainha
de Micenas

Tendo falecido a esposa muito amada, desejou que partisse para a última viagem com o fausto de uma rainha. Rodeou-lhe o pescoço de gargantilhas e colares que desciam sobre o peito ocultando as vestes. Encheu-lhe de anéis os dedos que não mais dobrariam falanges. E brincos, pulseiras, enfeites cobriram aquele corpo agora mais resplandecente do que em vida. Depois, para que nada lhe faltasse na longa travessia, depositou ao seu redor jarros, pratos, taças, talheres do mais puro ouro, sem esquecer pentes e um espelho para a sua vaidade.

A ideia de apartar-se da esposa para sempre era-lhe, porém, insuportável. Querendo-a pelo menos ao alcance da sua saudade, mandou construir no canto mais frondoso do jardim uma capela, em cuja cripta de pórfiro abrigou o esquife, separado dele apenas por um portãozinho de ferro batido.

E disposto a enfrentar o luto interminável, começou o aprendizado de uma nova vida em que a voz amada não ecoaria.

Talvez justamente devido a esse silêncio, cedo surpreendeu-se com a rapidez com que aprendia. A vida parecia-lhe de fato mais nova a cada dia. Nem bem um ano tinha-se esgotado, quando lhe ocorreu que, como ele tanto havia avançado, também a esposa teria a essa altura cumprido parte de sua viagem. Pelo que já não lhe seriam necessárias algumas das coisas que consigo levara para uso simbólico. Em ranger de ferros, entrou na cripta e selecionou uns poucos pratos, um frasco, sem dúvida devidamente usados no além.

Desse modo, foi sucessivamente recolhendo os objetos de ouro que, gastos pela defunta e já sem serventia para ela, afiguravam-se como muito proveitosos para si. Um garfo hoje, uma taça amanhã, um pente agora, um jarro depois, acabou enfim chegando às joias pessoais.

Na semiescuridão da cripta, pulseiras e adereços brilhavam frouxamente, folgados os anéis nos dedos descarnados, pousada ainda a tiara sobre a fronte. Joias demais, pensou ele contrito. Sem dúvida, nada condizentes com uma mulher que, onde quer que se encontrasse, estaria entrando na velhice. Assim pensando, retirou as mais pesadas. Voltando tempos depois para buscar as menos comprometedoras. E por último as insignificantes. Até chegar ao despojamento total.

No esquife, agora, restava apenas o espelho de ouro. Mas de que serve um espelho para uma mulher simples e velha, já despida de vaidades? perguntou-se.

Tendo pronta a resposta, pegou o espelho pelo cabo, e saiu sem fechar o portão atrás de si.

Nunca descuidando do dever

Jamais permitiria que seu marido fosse para o trabalho com a roupa mal passada, não dissessem os colegas que era esposa descuidada. Debruçada sobre a tábua com olho vigilante, dava caça às dobras, desfazia pregas, aplainando punhos e peitos, afiando o vinco das calças. E a poder de ferro e goma, envolta em vapores, alcançava o ponto máximo da sua arte ao arrancar dos colarinhos liso brilho de celuloide.

Impecável, transitava o marido pelo tempo. Que, embora respeitando ternos e camisas, começou sub-repticiamente a marcar seu avanço na pele do rosto. Um dia notou a mulher um leve afrouxar-se das pálpebras. Semanas depois percebeu que, no sorriso, franziam-se fundos os cantos dos olhos.

Mas foi só muitos meses mais tarde que a presença de duas fortes pregas descendo dos lados do nariz até a boca tornou-se inegável. Sem nada dizer, ela esperou a noite. Tendo finalmente certeza de que o homem dormia o mais pesado dos sonos, pegou um paninho úmido e, silenciosa, ligou o ferro.

A quem interessar possa

Abriu a janela no exato momento em que a garrafa com a mensagem passava, levada pelo vento. Pegou-a pelo gargalo e, sem tirar a rolha, examinou-a cuidadosamente. Não tinha endereço, não tinha remetente.

Certamente, pensou, não era para ele. Então, com toda delicadeza, devolveu-a ao vento.

Verdadeira estória de um amor ardente

Nunca tivera namorada, esposa, amante. Desde jovem, vivia só. Entretanto passando os anos, sentia-se como se mais só ficasse, adensando-se ao seu redor aquele mesmo silêncio que antes lhe parecera apenas repousante. E vindo por fim a tristeza instalar-se no seu cotidiano, decidiu providenciar uma companheira que, partilhando com ele o espaço, expulsasse a intrusa lamentosa.

Em loja especializada adquiriu grande quantidade de cera, corantes e todo o material necessário. Em breves estudos nos almanaques e tratados aprendeu a técnica. E logo, trancado à noite em sua casa, começou a moldar aquela que preencheria seus desejos.

Pronta, surpreendeu-se com a beleza que quase inconscientemente lhe havia transmitido. A suavidade opalinada, rósea palidez que aqui e ali parecia acentuar-se num rubor, não tinha semelhança com a áspera pele das mulheres que porventura conhecera. Nem a elegância altiva desta podia comparar-se à rusticidade quase grosseira daquelas. Era uma dama de nobre silêncio. E só tinha olhos para ele.

Perdidamente a amou. O calor dos seus abraços tornando aquele corpo ainda mais macio, conferia-lhe uma maleabilidade em que todo toque se imprimia, formando e deformando a amada no fluxo do seu prazer.

Já há algum tempo viviam juntos, quando uma noite a luz faltou. Começava ele a cansar-se de tanta docilidade. Começava ela a empoeirar-se, turvando em manchas acinzentadas os tons antes translúcidos. Um certo tédio havia-se infiltrado na vida do casal. Que ele tentava justamente combater naquela noite empunhando um bom livro, no momento em que a lâmpada se apagou.

Sentado na poltrona, com o livro nas mãos prometendo delícias, ainda hesitou. Depois levantou-se, e tateando, com o mesmo isqueiro com que há pouco acendera o cigarro, inflamou a trança da mulher, iluminando o aposento.

Arrastou-a então para mais perto de si, refestelou-se na poltrona. E, sereno, começou a ler à luz do seu passado amor, que queimava lentamente.

Despedida à maneira de Degas

Decidiram encontrar-se uma última vez, embora tão esgarçada a esperança de chegarem ao entendimento.

No bar, sentados um diante do outro, pediram absinto, o mesmo que haviam começado por tomar com a alegria dos gostos comuns. Mas já não tinham alegria, e nada em comum que os unisse.

Nem encostaram o copo nos lábios. Em silêncio, tentaram ainda ligar-se através dos olhos. Mas sequer as mãos entrelaçadas sobre o mármore conseguiram fazer com que se vissem.

E continuaram longamente calados, imóveis, até que a última gota leitosa tivesse evaporado do fundo dos copos.

Concerto de silêncio, para duas vozes

Surda era Otília.

Não ouvia as palavras de amor que ele dizia. Não ouvia as músicas de amor que ele cantava.

Deslizava os dedos sobre a boca do amado. E nada. Encostava o ouvido no violão. E nada. Nem som nem vibração chegavam até Otília.

Trancada no silêncio, sofria sem encontrar saída. Até que um dia, tomada de doce fúria, cravou os dentes no pinho que ele dedilhava. E penetrando pelos dentes, fluindo pelos ossos, infiltrando-se debaixo da pele, o som varou enfim, ofuscante, a cabeça de Otília.

Surda, porém, Otília não falava.

Não dizia do amor. Não dizia das músicas que agora lhe chegavam.

Afastado pela mudez, sofria ele em busca de saída. Que

encontrou ao cravar os dentes, em doce fúria, no branco ombro de Otília. Percorrendo os dentes, deslizando pelos ossos, impregnando toda a pele, ouviu a cadência suavíssima pulsar do som da amada, que enfim lhe chegava.

Só uma palavra poderia salvá-lo

"Há uma palavra a caminho", revelou-lhe a cartomante. "Mas se você a pronunciar, morrerá." E mais não disse, que a bola de cristal, subitamente turva, recusava-se a mensagens.

Em pânico, resolveu calar-se para evitar o perigo. E já punha a alma em paz, quando percebeu que, embora muda, sua mente dialogava, e, como se atravessa um rio por sobre pedras, varava o silêncio interior, evitando palavras que pudessem estar contaminadas. Temia o risco da palavra pensada.

Só o sono amordaçaria seu pensamento. Assim decidindo, deitou-se. E dormiu, dormiu, dormiu.

Mas num esgarçar-se daquele torpor em que voluntariamente mergulhara, o aflorar da consciência comunicou-lhe que no sono sonhava. E no sonho falava.

Já não lhe era permitido dormir. Nem ficar acordado. Cada letra, cada fonema, cada canção solta no ar podia esconder o alçapão que o precipitaria no negro abismo. Suor gelado empapou-lhe a fronte. Os minutos rosnaram à sua frente. Um dia que fosse já era longo demais. E a morte, de repente, pareceu-lhe um alívio, única salvação possível contra o terror da morte. Mas, sem saber-lhe o nome, como fazer para chamá-la?

Perdida estava a meta da morfose

Durante todo o verão, o sapo coaxou no jardim, debaixo da janela da moça. Até que uma noite, atraída por tanta dedicação, ela desceu para procurá-lo no canteiro. E entre flores o viu, corpo desgracioso sobre pernas tortas, gordo e verde, os olhos saltados, aguados como se chorando, o papo inchado debaixo da grande boca triste. Que criatura era aquela, repugnante e indefesa, que com tanto desejo a chamava? A moça abaixou-se, apanhou o sapo e, carregando-o nas pregas da camisola, levou-o para a cama.

Naquela noite o sapo não coaxou. Suspirou a moça, descobrindo as viscosas doçuras do abismo.

Mas, ao abrir-lhe os olhos, a manhã seguinte rompeu seu prazer. Sem aviso ou pedido, o sapo que ela recolhera à noite havia desaparecido. Em seu lugar dormia um rapaz moreno. Bonito, porém semelhante a tantos outros rapazes morenos e louros que haviam passado antes por aquela cama, sem jamais conseguir fazê-la estremecer.

A seu lado, sobre o linho, jazia inútil a pele verde.

E tinha a cabeça
cheia deles

Todos os dias, ao primeiro sol da manhã, mãe e filha sentavam-se na soleira da porta. E deitada a cabeça da filha no colo da mãe, começava esta a catar-lhe piolhos.

Os dedos ágeis conheciam sua tarefa. Como se vissem, patrulhavam a cabeleira separando mechas, esquadrinhando entre os fios, expondo o claro azulado do couro. E na alternância ritmada de suas pontas macias, procuravam os minúsculos inimigos, levemente arranhando com as unhas, em carícia de cafuné.

Com o rosto metido no escuro pano da saia da mãe, vertidos os cabelos sobre a testa, a filha deixava-se ficar enlanguescida, enquanto a massagem tamborilada daqueles dedos parecia penetrar-lhe a cabeça, e o calor crescente da manhã lhe entrefechava os olhos.

Foi talvez devido à modorra que a invadia, entrega prazerosa de quem se submete a outros dedos, que nada percebeu naquela manhã — a não ser, talvez, uma leve pontada

— quando a mãe, devassando gulosa o secreto reduto da nuca, segurou seu achado entre polegar e indicador e, puxando-o ao longo do fio negro e lustroso em gesto de vitória, extraiu-lhe o primeiro pensamento.

Atrás do espesso véu

Disse adeus aos pais e, montada no camelo, partiu com a longa caravana na qual seguiam seus bens e as grandes arcas do dote. Atravessaram desertos, atravessaram montanhas. Chegando afinal à terra do futuro esposo, eis que ele saiu de casa e veio andando ao seu encontro.

"Este é aquele com quem viverás para sempre", disse o chefe da caravana à mulher. Então ela pegou a ponta do espesso véu que trazia enrolado na cabeça, e com ele cobriu o rosto, sem que nem se vissem os olhos. Assim permaneceria dali em diante. Para que jamais soubesse o que havia escolhido, aquele que a escolhera sem conhecê-la.

Safári entre a cristaleira e o sofá

Era o Grande Caçador de Lagartas. Toda vez que a samambaia da sala amanhecia desfolhada denunciando a presença das predadoras, as mulheres da casa recorriam a ele súplices, para que as livrasse do flagelo.

Assim aconteceu também naquele dia, quando ele, como sempre armado de pinças, lente, e um vidro de boca larga, preparou-se para mais uma demonstração de coragem. Não podia saber que as lagartas haviam convocado sua Grande Caçadora de Homens. A qual, escondida entre as últimas folhas da planta, o abateu com um tiro.

Amor de duas às quatro

Sozinha, nas tardes de melancolia, deixava-se abraçar pelas recordações, aos poucos afastando-se daquela sala, para percorrer os corredores do passado, entrando ora numa, ora noutra das inúmeras portas que neles se abriam.

Detinha-se a pensar nos bailes, reconstruindo os bordados de um vestido, as volutas de uma dança. Depois deslizava para um certo passeio de barco sobre o lago, e aquelas tardes de risos nas quermesses.

Entre tantas, a lembrança de que mais gostava era a das matinês do cinema São Luís. Revia-se de vestido limpo ainda cheirando a ferro de engomar, os cabelos úmidos de banho, cochichando com as colegas, indo longamente ao banheiro, e sonhando, como todas, com os gêmeos de Laranjeiras.

Eram identicamente lindos os dois irmãos que chegavam sempre sozinhos para a sessão, louros e lisos como príncipes, subindo as escadarias sob os olhares cobiçosos das moças.

Nunca mais os vira depois, nem soubera o que deles havia sido feito.

Mas na penumbra das tardes ainda estremecia com o pensamento, e suspirando se perguntava qual dos dois a teria feito mais feliz, se apenas o amor tivesse sido possível.

De fato, uma mulher preciosa

Adoeceu a mulher. Bebia água, banhava-se com leite, recusava comida, e não saía da cama. Entre as coxas, por vezes, uma baba irisada escorria, secando sobre a pele.

Passado algum tempo, quis penetrá-la o marido, há muito ausente daquele corpo. Mas adentrando nas carnes, sentiu o impedimento. Então, retirando-se dela, mergulhou os dedos em pinça, e no fundo, além de pétalas e pistilo, rodeada de mucosas palpitantes, pescou, úmida, a pérola.

Pequena fábula de Diamantina

Tendo herdado a casa do avô na cidade distante, para lá mudou-se com toda a família, contente de retomar o contato com suas origens. Em poucos dias, já trocava dedos de prosa com o farmacêutico, o tabelião, o juiz. E por eles ficou sabendo, entre uma conversa e outra, que as casas daquela região eram construídas com areia de aluvião, onde não raro se encontravam pequenos diamantes.

A notícia incrustou-se em sua mente. Olhava os garimpeiros que à beira de rios e córregos ondulavam suas bateias, olhava os meninos que cavucavam os montes de areia já explorada onde, ainda assim, talvez fosse possível descobrir o brilho amarelado da pedra bruta. Ouvia as estórias de fantásticos achados.

Por fim, uma tarde, alegando cansaço após o almoço farto, trancou-se no quarto e, afastado o armário, começou com a ajuda de uma faca a raspar a parede por trás deste. Raspava, examinava a cavidade, os resíduos que tinha na mão e que cuidadoso despejava num saco de papel. E recomeçava. Assim, durante mais de hora. Assim, a partir daí, todas as tardes.

Já estava quase transparente a parede atrás do armário, e ele se preparava para agir atrás da cômoda quando, tendo esquecido de trancar a porta, foi surpreendido pela mulher. Outro remédio não teve senão explicar-lhe o porquê de sua estranha atividade. Ao que ela, armada por sua vez de faca e reclamando posse territorial, partiu para a parede da despensa. Onde, dali a pouco, foi descoberta pela empregada. A qual reivindicou direito às paredes da cozinha. Tão evidentes, que rapidamente as crianças perceberam, atacando cada uma um lado do corredor.

De dia e de noite, raspam e raspam os familiares, álacres como ratos, abrindo vãos, esburacando entre as estruturas, roendo com suas facas na procura cada vez mais excitada. Abre-se aos poucos a casa descarnada, recortadas em renda suas paredes. Geme o telhado, cedem as estruturas. Até que tudo vem abaixo numa grande nuvem de pó.

Agora com as unhas, raspam os familiares o monte de entulho. Quem sabe, sob os escombros espera, escondido, o diamante.

Como um filho querido

Tendo agradado ao marido nas primeiras semanas de casados, nunca mais quis ela se separar da receita daquele bolo. Assim, durante 40 anos, a sobremesa louvada compôs sobre a mesa o almoço de domingo, e celebrou toda data em que o júbilo se fizesse necessário.

Por fim, achando ser chegada a hora, convocou ela o marido para o conciliábulo apartado no quarto. E tendo decidido ambos, comovidos, pelo ato solene, foi a esposa mais uma vez à cozinha assar a massa açucarada, confeitar a superfície.

Pronto o bolo, saíram juntos para levá-lo ao tabelião, a fim de que se lavrasse ato de adoção, tornando-se ele legalmente incorporado à família, com direito ao prestigioso sobrenome Silva, e nome Hermógenes, que havia sido do avô.

No silêncio que o sol queima

No meio do trigal, pernas abertas, abrigava pássaros. Era sempre assim. Com a chegada do verão sentia-se fértil, ensolarada de desejo, mãe da terra.

E deitava-se entre as hastes rígidas, as espigas túrgidas, à espera. Logo, pardais vinham aninhar-se entre suas coxas, fazendo-a suspirar com a doce carícia das asas. Esmagava entre os lábios pétalas de papoulas, e gemia. Fremir de plumas, pequenos bicos, breves pios, delícias. E as línguas do sol sobre seus seios.

Mas era só ao entardecer, quando o gavião em voo desenhava círculos de sombra sobre o ouro, lançando-se como pedra entre suas carnes para colher o mais tonto dos pardais, que as hastes estremeciam enfim, inclinando as espigas ao supremo grito.

Do fim ao princípio

Nasceu de bigodes e acentuada calvície entre as cãs. Não trajava fraque ou flanela cinza de muito respeito. Vinha nu, como todo recém-nascido ao inaugurar sua herança.

Asseado, vestido, alimentado de papinhas, levado a passear na cadeira de rodas, logo começou a remoçar. Surgiam os dentes nas gengivas murchas, endireitavam-se as costas, cobria-se a calva de penugem e, já livre de um certo balbuciar baboso, fazia-se clara a fala.

Foi preciso tempo para que, firmes as pernas, se livrasse da cadeira de rodas. Porém demorou mais ainda para subir à tribuna, palco de seus discursos inflamados. E só anos depois de ter galgado o altar, deu a seus pais a felicidade de vê-lo fardado no serviço militar.

Estudante de brilho, criança prodígio, levou uma vida exemplar. E quando afinal morreu, esperneando no berço, todos lhe louvaram a sabedoria.

Só uma mancha turva a sua memória. A ânsia quase grotesca com que, próximo ao final, tentava meter-se por baixo das saias e entre as pernas das mulheres, no afã, talvez, de buscar seu destino, bem além do que permitem as regras da etiqueta, e da vida.

Obedecendo a um ditado chinês

Esquecida das juras de amor, ela se fora rompendo o noivado. E de um dia para o outro ele vira desaparecer seu destino, o único que havia querido, junto dela. Adiante, nada havia. A não ser o desejo de vingança que sentia nascer em si, e lentamente mergulhar raízes ancoradas nas lembranças. Desejo este que, mortos todos os outros sentimentos, bem poderia alimentar uma vida.

Com a singeleza de um monge caminhou pelos campos, até encontrar o rio. Ali postou-se. E envolto num manto, preparou-se para a espera do dia em que, carregado pelas águas, passasse enfim o cadáver da mulher.

Notícias dela lhe chegavam de tempos em tempos, trazidas por viajantes. Casara, tivera filhos, em seu quintal crescia uma buganvília roxa. Um dia soube que o marido a havia trocado por outra. Pensou que talvez não resistisse ao sofrimento. E inquietou-se na margem, esperando vê-la surgir. Mas ela não veio naquelas águas, nem nas águas mais turvas que desciam depois das chuvas de inverno. E o rio havia percorrido várias vezes seu comprimento, quando vieram lhe contar que o filho dela havia sido condecorado na guerra, e já tinha também seus próprios filhos.

Constante, sem desgaste ou velhice, renovava-se o fluxo, enquanto ele sentia a umidade infiltrar-se em seu corpo, aquela mesma água correndo nos ossos, encharcando as mucosas, liquefazendo aos poucos sua resistência. Rosto encovado, gestos inseguros, ainda se aproximava porém dos peixes, entre seixos e juncos, na época das secas. Mas foi durante a enchente, quando chapinhando na lama se sentia mais fraco e cansado, que de repente, na bruma da manhã, um corpo surgiu boiando na curva do rio.

Pela primeira vez desejou apressar a corrente. Vem! Vem! suplicava todo o seu ser pretendido, acesas as últimas forças. E debruçado sobre a margem, aguçou o olhar para ver aquela que há tanto esperava. Mas debaixo do manto que o envolvia, o corpo não era de mulher. E entre cabelos e barbas brancas viu com espanto o rosto de um ancião, o seu próprio rosto que flutuava de olhos fechados, levado pela água escura.

A busca da razão

Sofreu muito com a adolescência.

Jovem, ainda se queixava.

Depois, todos os dias subia numa cadeira, agarrava uma argola presa ao teto e, pendurado, deixava-se ficar.

Até a tarde em que se desprendeu esborrachando-se no chão: estava maduro.

Até que a palavra fosse possível

Brigavam, se digladiavam, sofriam. E ainda assim se queriam. Razão pela qual decidiram viver em separação de corpos.

Da estrutura aparentemente compacta de carne, ossos, músculos trancados na elasticidade da pele, separaram um a um os sentimentos, embora alguns, entretecidos nas fibras como invisíveis ligaduras daquele palpitar, parecessem indispensáveis para a sustentação do todo. Mesmo esses, com firmeza de bisturi foram retirados, amputando-se também aquelas partes do sentir mais entranhadas, cujos limites já não mais se distinguiam, afogados em sangue.

Por fim, livres de tudo o que lhes provocava atrito e desencontro, deitaram-se lavados sobre a cama, brancos corpos possuindo-se sem nenhuma pergunta. E sem qualquer perigo de resposta.

Castor e Pólux, sequer pressentidos

Que cisne era aquele que no meio da noite, sem quê nem porquê, irrompia assim pela sua janela adentro, em estardalhaço de asas e penas?

Aterrissando sobre o tapete, perdida a elegância com que deslizaria sobre a água, avançava com as patas espalmadas, ondeando o corpo de um lado para o outro, enquanto o longo pescoço chicoteava o ar para garantir algum equilíbrio ao precário avanço.

O pescoço, esse sim, seduzia. Longo, flexível, voluptuosamente sinuoso, de um branco tão igual e brilhante, mais parecia um jorro de leite desenhando arabescos na escuridão. E já pulava o cisne sobre a cama, as asas abertas roçando o corpo da mulher, o pescoço macio envolvendo-lhe os ombros, deslizando pela nuca, o bico atrevido procurando seu ponto mais sensível atrás da orelha.

Ao alvorecer partiu o cisne, deixando a mulher em doce lassidão. Transformada porém em desagrado crescente, à medida que a luz da manhã, fazendo-se mais clara, evidenciava a cama revirada, as marcas enlameadas nos lençóis, as plumas espalhadas entre as dobras dos panos, e mais forte se fazia, no calor do dia, o cheiro de ninho.

Não, se ele voltasse, não o receberia; decretou a mulher lamentando sua condescendência na noite anterior.

Mas o cisne não veio naquela noite, nem na seguinte, nem na outra ainda. E ela estava quase começando a crer que tudo não passara de uma alucinação, quando percebeu que o visitante deixara outras marcas. Alargava-se-lhe a cintura, cediam as cadeiras, e um peso lhe alertava o ventre.

Chegando enfim o dia aprazado, deitou-se. Abriu as pernas. Mordeu um travesseiro, agarrou-se à cabeceira da cama. Expulsou. Mas nenhum choro coroou seu esforço. No vértice de suas coxas não havia vestígio de sangue. Nenhuma criança. Somente, cândido e enigmático, jazia um enorme ovo.

Duas vezes a enganara o palmípede. Nem mais viera vê-la. Nem lhe fizera um filho de verdade. Tomada de ódio e repugnância chamou os criados, mandou que levassem aquele ovo espúrio. E longe dos seus olhos o destruíssem, jogando no lixo seus resíduos.

Olhando para o horizonte da vida

Subitamente tocado pela mutabilidade da vida, parou e perguntou-se: "Meu Deus, onde estarei no ano que vem a esta hora?" E do futuro respondeu-lhe o tédio: "Aqui, quando então te perguntarás, onde estarei no ano que vem, e a resposta será: aqui. Quando então te perguntarás, onde estarei..."

Canção para Hua Mu-lan

Donzela, quando soube que o inimigo ameaçava as fronteiras do seu país, vestiu a couraça de couro de rinoceronte, cingiu o elmo, e partiu para a guerra.

Durante anos seus negros cabelos esvoaçaram nas batalhas. Os generais compuseram canções em seu louvor. E muitos cavalos trocou, que tombavam sob as flechas. Nos exércitos, ao pé das fogueiras, contavam-se os seus feitos.

Mas rechaçado o inimigo, apagaram-se as fogueiras, e os soldados voltaram a suas casas. Pendurada num prego, a couraça sem serventia se cobre de poeira. Muitos fios brancos rajam os cabelos da donzela. Que não aprendeu a fiar. Que não aprendeu a tecer. E que agora debaixo de um salgueiro dorme e dorme, com sua espada expulsando inimigos para além das fronteiras do sonho.

Tudo na manga

Todas as noites, serrando sua esposa em duas, o mágico pensava no que aconteceria se o truque não desse certo. Visualizava o sangue jorrando inesperado pelas frestas da grande caixa laqueada, o público estremecendo em grito na escuridão da plateia. E uma emoção doce como orgasmo enlanguescia-lhe o instante.

Não havia, porém, erro possível. A caixa era falsa. A serra era falsa. Falsos eram os pés de mulher que apareciam entre madeiras, comprovando presença.

Condenado a acertar lá onde só o erro o faria feliz, rebelou-se o mágico contra esse destino. Na estagnação noturna da sua casa, sem refletores, sem rufar de tambores, sem a bela roupa cintilante de lantejoulas, pegou uma espada e cravou-a no coração da esposa adormecida. Mas a mão não conseguiu evitar um gesto elegantemente profissional. E, ao largar a empunhadura, dela brotou colorido um buquê de flores de papel, enquanto a esposa sorria agradecendo os aplausos do sonho.

De água nem tão doce

Criava uma sereia na banheira. Trabalho, não dava nenhum, só a aquisição dos peixes com que se alimentava. Mansa desde pequena, quando colhida em rede de camarão, já estava treinada para o cotidiano da vida entre azulejos.

Cantava. Melopeias, a princípio. Que aos poucos, por influência do rádio que ele ouvia na sala, foi trocando por músicas de Roberto Carlos. Baixinho, porém, para não incomodar os vizinhos.

Assim se ocupava. E com os cabelos, agora pálido ouro, que trançava e destrançava sem fim. "Sempre achei que sereia era loura", dissera ele um dia trazendo tinta e água oxigenada. E ela, sem sequer despedir-se dos negros cachos no reflexo da água da banheira, começara dócil a passar o pincel.

Só uma vez, nos anos todos em que viveram juntos, ele a levou até a praia. De carro, as escamas da cauda escondidas debaixo de uma manta, no pescoço a coleira que havia comprado para prevenir um recrudescer do instinto. Baixou um pouco o vidro, que entrasse ar de maresia. Mas ela nem tentou fugir. Ligou o rádio, e ficou olhando as ondas, enquanto flocos de espuma caíam dos seus olhos.

Com a chegada da primavera

Primeiro num vaso, depois em outro, e logo em latas e canteiros de caixotes, o homem plantou bulbos e ficou à espera das flores.

Mas antes das flores ou de qualquer germinar, ervas daninhas começaram a despontar na plantação. Atento, o homem arrancou uma por uma, sacudindo bem as raízes para poupar a terra preciosa. E mais regou, sabendo que as flores logo chegariam.

Despontavam as primeiras folhas prenunciando jacintos e narcisos, e já as daninhas se multiplicavam, ameaçando sufocar a brotação delicada. Novamente o homem foi obrigado a intervir, arrancando impiedosamente as invasoras.

Até a chegada daqueles dias mais amenos em que, uma por uma, as flores começaram a se abrir, encharcando o ar de perfume, colorindo os canteiros de matizes. Aproximou-se o homem com seu canivete e, escolhendo as mais bonitas, degolou-lhes o caule, empunhando o buquê que levaria para enfeitar alguma casa. Não teve tempo de fazê-lo. Antes que deixasse o jardim, as flores o arrancaram, daninho.

Como se desenhada por Dürer

Desde rapaz sonhava ser fotógrafo. Mas a falta de dinheiro, o casamento precoce, os filhos, o trabalho sempre se antepunham, obrigando a adiar o desejo. Aposentado, afinal, comprou sua primeira máquina fotográfica, inscreveu-se num curso, e começou o aprendizado.

Primeiro os instantâneos familiares, depois a câmara escura no quartinho, os tripés, as luzes, os equipamentos. Por fim o estúdio montado no fundo do quintal.

Já estava idoso quando uma noite, levando a esposa até o estúdio, pediu que posasse para ele. Faria a foto que imaginava desde os tempos de namoro, seu presente agora, quando comemoravam Bodas de Ouro. Trancados, trabalharam até o amanhecer.

Mas foi sozinho, no dia seguinte, à luz vermelha do laboratório, que viu aparecer lentamente a imagem da mulher. Pálida a princípio, flutuava na bacia de ácido como um ectoplasma, aos poucos ganhando consistência, firmando-se sobre o papel, para surgir em toda a sua força, corpo nu da amada, de pé sobre o tapete, soltos os cabelos brancos, segurando entre os dedos a rubra flor de antúrio.

Enquanto o cão espia

Para evitar que fosse devorado pelo cão, colocaram o gato na grande gaiola branca que pendia do teto presa por uma corrente.

Entre finas barras e delicadas volutas, moveu-se ele em fúria. Pelo eriçado, orelhas baixas, fustigava o rabo no mínimo espaço, ondulando a cabeça de um lado ao outro, à procura do momento para o salto, da brecha para a fuga. Nem deixou que ninguém dormisse à noite, seus miados estridentes talhando o sono, incendiando o silêncio até o raiar do dia.

Entretanto, renovado o leite no pires, oferecida a sardinha, pareceu aquietar-se o animal, como se o espaço não lhe fosse mais tão restrito, e um entendimento se fizesse entre ele e sua nova acomodação. Agora farejava pelos cantos, espiava curioso os detalhes, brincava com a pata na correntinha da portinhola. E à noite, cedo se escondeu atrás das pálpebras a luz verde dos seus olhos.

Em pouco, o gato parecia feliz com a sua segurança. E, talvez para exercitar os músculos, passou a subir com frequência nos poleiros que haviam pertencido ao antigo ocupante, ali deixando-se ficar quieto durante horas, observando o mundo do alto.

A família que habitava aquela casa já estava tão acostumada a ver o felino na gaiola, que ninguém se surpreendeu na manhã em que, mais claro o dia ou mais leve a brisa que ondulava a cortina, o gato saltou para o seu poleiro. E, erguendo a cabeça, docemente começou a trinar.

Cantata dividida

Desde os tempos de namoro, amavam-se numa língua que só os dois conheciam. Com ela trocaram juras, com ela inventaram uma canção. E mesmo depois de casados, embora falassem outras línguas na rua, ao fechar a porta de casa só em sua língua se entendiam.

Foi também em sua língua que se desentenderam e, depois de muitas brigas, resolveram separar suas vidas. Dividiram os discos, partilharam os livros, ficou ela com os móveis do quarto, escolheu ele os da sala, e até o piano dado pelos padrinhos foi feito em dois, cabendo a ela as teclas brancas, enquanto ele se contentava com as pretas.

Apesar da perda da metade do cotidiano, ela lutava para conduzir a vida a uma nova ordem quando uma tarde, sentada frente ao que restava do piano, a revelação gelou-lhe as mãos. Só naquele instante, preparando-se para cantar, percebeu que o amor nunca mais lhe seria possível. O marido havia levado todas as consoantes da sua língua. E, subreptício, carregara consigo o segundo verso da canção.

A paixão da sua vida

Amava a morte. Mas não era correspondido.

Tomou veneno. Atirou-se de pontes. Aspirou gás. Sempre ela o rejeitava, recusando-lhe o abraço.

Quando finalmente desistiu da paixão entregando-se à vida, a morte, enciumada, estourou-lhe o coração.

Sendo chegada a hora de descansar

Num fundo buraco do chão, quase poço. Ali vivia sem nunca ter saído, desde o nascimento. Alimentava-se de ervas, raízes, um ou outro inseto que passava ao seu alcance. Uma semente, caída talvez do bico de um pássaro, gerou arbusto, cujos frutos também passou a comer. A chuva era sua fonte e seu banho. Da passagem do tempo não se ocupava.

Crescendo porém o arbusto até fazer-se árvore, e precisando ele subir cada vez mais alto para alcançar-lhe os frutos, ergueu-se um dia entre dois galhos novos que despontavam acima das beiras do buraco. E olhando ao redor, percebeu surpreso que, além do seu, outro mundo existia.

Muitas vezes mais subiu àqueles galhos esperando que se fortalecessem. Quando os sentiu firmes, com cuidado arrastou-se entre folhas, até alcançar a terra, a mesma em que seu buraco se abria.

Tão livre o espaço lá fora, que a princípio teve medo, e achatado pelo vazio, deixou-se ficar deitado na grama. Mas, por cima do braço com que protegia a cabeça, o olhar se esgueirava sem que nada à sua frente lhe barrasse a passagem. E pela primeira vez na vida, aquele homem para o qual até então não existira linha do horizonte, pôde ver o longe, o mais longe, e o mais longe ainda.

Não havia limites para esse mundo, concluiu o homem. Pensamento tão inaugural para ele, que o fez levantar-se e partir caminhando, para conhecer aquele infindável desconhecido.

Vales, montanhas, florestas. Tantos atravessou. Varou rios, banhou-se em lagos e nascentes. Conheceu a neve e a primavera. Sempre em suas andanças perguntando a si mesmo qual seria o mais bonito entre tantos lugares.

Sua barba se fazia branca e já se cansava o corpo, quando acreditou tê-lo encontrado. No centro da campina imensa que o primeiro calor cobria de flores, onde as montanhas ao longe pareciam rodeá-lo em anfiteatro, ali cravou a pá. E debaixo das andorinhas que rasgavam a tarde em mergulhos e gritos, começou a cavar seu buraco.

Prelúdio e fuga

A noite sobre a pele. E o desejo. Os mamilos lentamente duros exigindo que deitasse de bruços. Os pelos contra o colchão exigindo que abrisse lentamente as pernas. Na boca, porém, só sua própria língua, que não a sabia penetrar.

Levantou-se em segredo. Foi até a sala. Descalça, fez amor com o piano de cauda.

Não era um bom amante. Desafinou várias vezes antes que ela alcançasse o orgasmo. Mas tinha a virtude principal: era muito romântico.

Apoiando-se no espaço vazio

Durante mais de 20 anos partilhou a cama com sua esposa chinesa. E embora Ching-Ping-Mei não lhe tivesse dado filhos, sabia o quanto ela os desejara. Várias vezes, ao longo daquele tempo, dissera-lhe ter estado grávida, perdendo a criança em lamentáveis acidentes. E ele piedosamente fingira acreditar, para não ferir sua delicada sensibilidade oriental.

Gentilmente, amavam-se. Recato, escuridão, jogos de leques. Assim se procuravam desde sempre na pesada penumbra do quarto. Corpos nunca revelados, névoa de incenso, o amor envolto em véus e cortinados, conservando o mistério dos primeiros dias.

Porém, adoecendo Ching-Ping-Mei, exigiu o médico que se abrissem janelas e se fizesse luz, tornando possível o exame. E embora ele se mantivesse do lado de fora da porta, em discreta espera, não lhe foi permitido escapar à revelação trazida junto com o diagnóstico.

A paciente logo sararia, comunicou-lhe o médico, porém ele considerava seu dever comunicar-lhe que à luz da medicina, e não obstante a graça e a doçura inegáveis, sua esposa Ching-Ping-Mei era, na verdade, um homem.

Atordoado, cambaleou sentindo esboroar-se o cerne do amor, estendeu as mãos à frente. Mas em que apoiar-se, se ele próprio, apesar da barba e dos bigodes, e sem que sua amada jamais desconfiasse, era, e tinha sido ao longo daqueles anos todos, mulher?

Conto em letras garrafais

Todos os dias esvaziava uma garrafa, colocava dentro sua mensagem, e a entregava ao mar.

Nunca recebeu resposta.

Mas tornou-se alcoólatra.

De floração

A mulher acordou com os seios inchados, doloridos. Tocou de leve, comentou com o marido. Na manhã seguinte os mamilos estavam duros, brilhantes. E notou que no seguir dos dias modificava-se a cor, escura a princípio, quase roxa, clareando aos poucos em tons esverdeados à medida que os mamilos mais e mais erguiam suas pontas.

Compressas, pomadas, água morna. Delicado trato. Racha-se nas extremidades a pele agora fina, quase transparente. E leve cacho de carne protubera entre os lábios da fenda, projeta-se desenovelando lento e seguro a primeira pétala lilás.

Sépalas tensas, trêmulos babados. E o rijo clitóris do labelo. Nos seios da mulher duas orquídeas explodem em silêncio.

Reverente, o marido a transporta frente à janela, abre cortinas, despe blusa, que se derreta a luz no colo em primavera. Nem descuida da água, em jarra e copos, que ela bebe seguida.

Como aranhas, assim as orquídeas tecem seu perfume. Fio frágil flexível, e nunca igual. Quase indizível nos primeiros dias, doce em seguida, fazendo-se maduro, pegajoso enquanto nas pétalas manchas escuras se alastram queimando a cor, vazando a consistência.

Bebe e bebe a mulher tentando prolongar sua floração. Mas o rendado se encolhe, o lilás se retrai. Murchas passas pardas, caem enfim as orquídeas deixando nos mamilos uma gota de seiva.

Que o marido vem colher entre os dedos. Para depois, cuidadoso, segurando a tesoura nas duas mãos, podar em sangue a matriz.

Ela era sua tarefa

Desde sempre, o dia chegando vinha encontrá-lo ali, no começo da encosta, já empurrando e rolando sua esposa para cima, longo esforço em direção ao cume.

Desde sempre, resvalando lentamente para a noite, o sol desenhava a sombra embolada do corpo da mulher que, mal chegada ao alto, despencava novamente pelo flanco do monte.

Desde sempre. Até o momento em que, cravando os dentes e agarrando as unhas nas pedras daquele cimo árido, a mulher contém seu destino. E erguidas aos poucos as costas, mal equilibrada ainda sobre si, faz-se de pé.

Desaparece quase a luz do sol, o último alento vermelho tinge a mão do homem. Que se levanta. E firme, empurra a mulher pelas costas, monte abaixo.

Primavera em campo de batalha

Sozinho no *bunker* em longa vigília, pensava nas cerejeiras que agora estariam florindo nos campos da sua terra. Via-se deitado de costas sobre o chão pedregoso, debaixo da espuma branca em que as abelhas zumbiam atarefadas enquanto o perfume escorria pelas encostas.

Perseguindo a lembrança, pegou o giz das anotações e desenhou uma branca flor de cerejeira sobre a parede de cimento. Depois outra. Mais outra. Outra ainda. Até o cinzento desaparecer, anulados na floração paredes e teto.

Deitado de costas sobre o cimento, debaixo daquela espuma branca, aspirou fundamente. Mas o perfume só lhe submergiu a cabeça quando, pela estreita seteira do *bunker,* começaram a entrar as abelhas.

Uma vez por semana, no crepúsculo

Todas as terças-feiras, quando no princípio da tarde saía para encontrar-se com o amante, colocava na bolsa o coração. Assim era mais fácil de ofertar.

Chegava, trocava os primeiros abraços, e antes que os dedos desfizessem botões, colhia o coração entre o lencinho rendado e as chaves de casa, para colocá-lo, palpitante, sobre a mesinha de cabeceira.

Ali ficava, lâmpada votiva assistindo o rito dos amantes, até que o esvair-se do dia submergisse o quarto no sangue crepuscular, tornando impossível saber se dele, ou do sol morrente, vinha a trêmula luz.

Fazia-se hora de partir. Recomposta a ordem das roupas, ela suspirava ajeitando a *voilette* sobre os olhos e, antes de calçar as luvas, recolhia o coração. O estalo do fecho trancava na bolsa, até a próxima semana, o amor eterno. Brilhava sobre o mármore da mesinha a mancha úmida.

Uma vida ao lado

Fina, a parede. E além dela, a vida do vizinho. Irritante a princípio. Ruídos, pancadas, tosse, tudo interferindo, infiltrando-se. Depois, aos poucos, familiar. Sabia-lhe o banho, as refeições, as horas de repouso. A cada gesto, um som. E no som, recriado, o via mover-se em geometrias idênticas às suas. A sala, o quarto, o corredor.

Cada vez mais ligava-se ao vizinho, absorvendo seus hábitos. Ouvia bater de louças e se apressava à cozinha, vinham vozes moduladas e ligava a televisão. À noite só conseguia dormir depois do baque dos sapatos do outro, o ranger da cama assinalando que se metera entre lençóis.

Perdia-o, porém, quando saía porta afora. Passos, tinir de chaves, lá se ia o vizinho. Sem ele, vazios a sala e o quarto, a parede emudecia, separando silêncios.

Voltava ao fim do dia, pontual. Passos, tinir de chaves. Ele então acendia a luz ao estalar do interruptor do outro, e juntos punham a casa em andamento.

Tentava, às vezes, seguir-lhe as andanças. Espiava pelo olho mágico estudando a paciência com que esperava o elevador, postava-se à janela para ver que direção tomava, em que ônibus subia.

E justamente numa tarde em que espreitava, viu o outro atravessar em má hora a rua movimentada, hesitar, correr, e ser atropelado por um furgão.

Percebeu que precisava trabalhar rápido. Sem hesitar, arrancou as portas dos armários, as cortinas, pegou a caixa de ferramentas, e começou a serrar, lixar, bater, colar.

Tudo estava pronto quando ouviu o caixão do outro chegar para o velório. Sobre a mesa da sala, na exata posição em que o do vizinho deveria estar, colocou seu próprio caixão. Depois abriu a porta de par em par e, vestido no terno azul-marinho, deitou-se cruzando as mãos sobre o peito.

Ainda teve tempo de pensar que tinha esquecido de engraxar os sapatos. E já os primeiros visitantes começavam a chegar, entrando com a mesma tristeza nos dois apartamentos, para prantear defuntos tão iguais.

Tentando se segurar numa alça lilás

Entrou no elevador.

A um canto, outra mulher segurava firme debaixo do braço uma enorme bolsa de couro lilás.

— Que ousadia, uma bolsa lilás — sorriu ela.

— Acabei de dizer a um homem que o amo — respondeu a outra. — Então entrei numa loja e, entre todas, escolhi essa bolsa. Eu precisava sentir nas mãos a minha audácia.

Não sorriu. Agarrou-se náufraga na alça.

Mas por ela esperava desde o início

Não tendo mar em seu país, o ditador sonhava porém em combater os grandes cetáceos. Mandou então que uma baleeira construída com o dinheiro do povo fosse colocada sobre o gramado diante do palácio.

E todos os anos, chegada a época propícia, declarava aberta a estação de caça, subia a bordo e mandava levantar âncoras. Rebocado por cordas, singrava os verdes fluxos do gramado.

Logo, entre espumas de renda francesa, os serviçais traziam baleias de papelão, que ao som de uma orquestra de câmara eram gloriosamente arpoadas pelo líder.

Durante anos navegou o verde, alinhando vitórias sob os aplausos dos ministros. Até o dia em que se deparou com a baleia branca. Que, imensa e voraz, acabou esgotando-lhe as forças. E em luta desigual o arrastou consigo para o fundo.

Para que ninguém a quisesse

Porque os homens olhavam demais para a sua mulher, mandou que descesse a bainha dos vestidos e parasse de se pintar. Apesar disso, sua beleza chamava a atenção, e ele foi obrigado a exigir que eliminasse os decotes, jogasse fora os sapatos de saltos altos. Dos armários tirou as roupas de seda, das gavetas tirou todas as joias. E vendo que, ainda assim, um ou outro olhar viril se acendia à passagem dela, pegou a tesoura e tosquiou-lhe os longos cabelos.

Agora podia viver descansado. Ninguém a olhava duas vezes, homem nenhum se interessava por ela. Esquiva como um gato, não mais atravessava praças. E evitava sair.

Tão esquiva se fez, que ele foi deixando de ocupar-se dela, permitindo que fluísse em silêncio pelos cômodos, mimetizada com os móveis e as sombras.

Uma fina saudade, porém, começou a alinhavar-se em seus dias. Não saudade da mulher. Mas do desejo inflamado que tivera por ela.

Então lhe trouxe um batom. No outro dia um corte de seda. À noite tirou do bolso uma rosa de cetim para enfeitar-lhe o que restava dos cabelos.

Mas ela tinha desaprendido a gostar dessas coisas, nem pensava mais em lhe agradar. Largou o tecido numa gaveta, esqueceu o batom. E continuou andando pela casa de vestido de chita, enquanto a rosa desbotava sobre a cômoda.

Por serviços prestados

O toalete pareceu a todos o melhor lugar para a galinha, antes pinto ganho em aniversário de criança. Mas, oprimida pelo frio brilho dos mármores, entristecida pela solidão, refugiou-se a pobrezinha na postura, batendo recordes. Três, quatro vezes por dia buscavam dúzias de ovos no suave ninho do bidê. E à noite.

Logo, vendiam os ovos e enriqueciam. Televisão, cinema ocuparam-se da galinha. Os amigos fizeram-se mais frequentes. Recebiam.

E, recebendo, o toalete tornou-se fundamental. Para as visitas, não para a galinha. Que dali foi transferida para viveiro alemão importado, com água corrente e luz natural, onde, como sempre desejara, passou a botar apenas ovinho diário.

Pelo que foi considerada improdutiva e levada à panela, *fricassée* em jantar de muitos amigos.

De um certo tom azulado

Casou-se com o viúvo de espessa barba, embora sabendo que antes três esposas haviam morrido. E com ele subiu em dorso de mula até o sombrio castelo.

Poucos dias haviam passado, quando ele a avisou de que num cômodo jamais deveria entrar. Era o décimo quinto quarto do corredor esquerdo, no terceiro andar. A chave, mostrou, estava junto com as outras no grande molhe. E a ela seria entregue, tão certo estava de que sua virtude não lhe permitiria transgredir a ordem.

E não permitiu, na semana toda em que o marido ficou no castelo. Mas chegando a oportunidade da primeira viagem, despediu-se ela acenando com uma mão, enquanto com a outra apalpava no bolso a chave proibida.

Só esperou ver o marido afastar-se caminho abaixo. Então, rápida, subiu as escadas do primeiro, do segundo, do terceiro andar, avançou pelo corredor, e ofegante parou frente à décima quinta porta.

Batia seu coração, inundando a cabeça de zumbidos. Tremia a mão hesitante empunhando a chave. Nenhum som vinha além da pesada porta de carvalho. Apenas uma fresta de luz escorria junto ao chão.

Devagar botou a chave na fechadura. Devagar rodou, ouvindo o estalar de molas e linguetas. E empurrando lentamente, bem lentamente, entrou.

No grande quarto, sentadas ao redor da mesa, as três esposas esperavam. Só faltava ela para completar o jogo de buraco.

De volta, para sempre

Entrou na loja de antiguidades porque desejava um jarro de opalina. E logo se viu envolvida pelo labirinto devassável de mesas e consoles, papeleiras e vitrines carregados de objetos desencontrados, que igual unção do tempo irmanava porém, como se todos pertencessem a um mesmo tesouro familiar, a um idêntico passado. Foi numa das vitrines, ao lado de uma caixinha de marfim, que de repente o viu, grande botão de prata com duas flores de íris cinzeladas. No sobressalto que lhe adoçou as carnes, sua lembrança retirou o botão da prateleira, suavemente recolocando-o no justo lugar, lá onde sempre o havia visto, fechando o vestido preto da mãe, logo abaixo da gola de renda. E ela soube que havia entrado na loja para buscá-lo.

Preso está agora o botão no vestido que ela mesma coseu. Brilha a prata entre preto e branco. Nua frente ao espelho, ela se veste devagar, lentamente enfiando os braços por dentro daquelas mangas macias como pele, lentamente, muito lentamente, passando o botão pela casa, fechando sobre si o vestido de seda, trancando ao redor do corpo a presença da mãe, para sempre reconstruída.

Para sua eterna juventude

Era gorda como a lua, lisa como mármore, branca como um cisne. E diante do espelho, durante horas, perdia-se em cuidados com a pele constantemente azeitada, que longas massagens tornavam mais macia que massa levedada. Ao marido, de partida para frequentes viagens, pedia presente sempre semelhante, potes de cremes e unguentos das mais variadas procedências, que com suas essências de flores e raízes logo desapareciam, tragados pela gula daqueles poros.

Mais gorda fazia-se a cada dia, cedendo a pele sem esforço à expansão das carnes. Aumentavam apenas a delicada transparência e a necessidade de lubrificação. Razão pela qual, de volta de mais uma estada em país alheio, ele não trouxe somente delicados frascos, mas um imenso pote de creme facial, capaz de atender com generosidade às exigências sempre crescentes.

Recebendo-o no topo da escada, olhos acesos de expectativa, ela desatarraxou lentamente a grande tampa redonda. Untuoso, brilhante, sedoso, o conteúdo parecia atraí-la para um paraíso de delícias. Ao qual ela não resistiu. Sentou-se no último degrau, botou o pote entre as coxas, e mergulhando os dedos em concha no creme perfumado, começou a comê-lo.

Na inútil transparência

Sem que nunca tivesse conhecido o mar, limpava peixes. Todos os dias a abundância das águas parecia depositar-se na sua bancada. Dourados encastoavam os vermelhos cor de rubi, pescadinhas amontoavam-se como pérolas, brilhavam as escamas das cavalas. E ele, qual Netuno empunhando faca, decapitava garoupas, rasgava o ventre rosado dos badejos, fazia em postas a carne sangrenta dos atuns, em filés a magreza dos linguados, e escamava, cortava, aparava, as mãos mergulhando espertas em guelras e vísceras sem que jamais espinhas lhe fizessem vingança.

Assim ao longo dos anos, tendo juntado tão lenta e determinadamente o dinheiro que lhe permitiria realizar seu único desejo, o dia chegou em que, contando todos os seus guardados, ele soube que veria o mar.

Viajou, viajou. E mais longa pareceu-lhe a viagem quando, tendo finalmente o imenso azul diante de si, percebeu que desde menino caminhava para ele.

Ungido, atravessou a areia, subiu pela grande língua de pedra que avançava água adentro. E chegando na ponta mais alta, rodeada pelas ondas, sentou-se. Agora, afinal, veria a dança dos peixes entre os fluxos, o aquático mover-se de robalos e pampos e arraias e polvos e lagostas e sargos.

Mas a transparência azul não entregava presenças. Só a superfície parecia mover-se, coroada de espumas junto à pedra. Paciente, o homem esperou, vendo a luz percorrer o seu trajeto, embora nenhum luzir de escama ou ondear de corpo iluminasse aquela água.

Por fim, já escuro, fez-se de pé. Como nunca antes, pesava-lhe o coração. Vira o mar, é verdade. Mas sem peixes a habitá-lo, nem parecia-lhe mar. Tão grande a ausência, como se em noite escura e límpida, levantando os olhos, visse o céu todo negro, igual, sem uma estrela.

Com quantos cavalos brancos se faz um imperador

Louca era a mulher com quem morava. Vivia lhe pedindo dinheiro, dizendo ser sua esposa e afirmando serem dele aquelas crianças que enxameavam pela casa.

Ele a suportava por pena. E mesmo porque, depois de ter perdido a campanha da Rússia, sua corte não era mais a mesma, nem vinha Josefina todas as noites aquecer-lhe a cama.

Fato romântico nas ruas de Paris

Entre tantos chapéus da velha senhora, aquele era sem dúvida o mais sedutor. Todo coberto de beija-flores empalhados, inclinava-se um pouco para o lado, descendo a sequência de bichinhos até o limite da aba, onde um deles assomava de asas abertas e biquinho espetado.

Ao sair nos dias mais amenos, ela o colocava com cuidado sobre os cabelos penteados em cachos, prendendo-o firme com longos alfinetes, não fosse uma súbita lufada desfazer tão cuidada arrumação.

Assim iam pelas ruas as avezinhas tropicais, acompanhadas às vezes de uma marta que, feita estola e pousada sobre os ombros, emoldurava o conjunto.

Mas numa tarde de primavera em que as andorinhas se chamavam pelo ar e o sol acendia luzir de pedras preciosas no peito dos beija-flores, um súbito frêmito agitou o chapéu. O biquinho que despontava da aba estremeceu, houve um agitar-se, rufar de penas, a copa toda tremeu em movimento.

Erguida pouco a pouco pelos passarinhos que batiam asas, a velha senhora desprendeu-se da calçada. E, firmemente segura pelos longos alfinetes, levantou voo rumo ao azul.

E não se chamava Polonius

Parecendo-lhe demasiado nu o quarto nupcial, mandou chamar artesão de renome, a fim de que pintasse nas paredes cortinado carmesim, semelhante ao que vira na Capela Sistina. De fato, terminado o trabalho, o cômodo todo pareceu aquecer-se nos tons sanguíneos, embora falsos os panejamentos que agora lhe ondulavam os limites.

E rodeado por aqueles doces caimentos adamascados teria repousado feliz por muitos anos, não fosse abater-se sobre ele a suspeita de que, ali mesmo, sua esposa o traía.

Não precisou de grandes subterfúgios. Alardeou viagem, mandou selar cavalos, despediu-se anunciando demora.

Voltou na noite calada. Com passos felinos subiu escadas, venceu corredores, e, sem que tábua rangesse, colou o ouvido na porta do quarto.

Sim, os murmúrios suspirantes não deixavam dúvidas. Lúbricos, eles se amavam acreditando-o distante.

Lançou-se, aos murros, contra a porta. Que logo se abriu, pálida a senhora por trás dela. Porém no quarto invadido, escancarado à devassa, nenhuma presença justificava sua fúria. Procurou nos cantos sombrios do dossel, olhou embaixo do leito, com um pontapé levantou a tampa do grande baú de mogno. Mas não havia ali homem que pudesse ter manchado a sua honra. Somente um hálito de traição adejava no quarto.

Chamado talvez por esse hálito, voltou-se repentino para a parede, olhar de descoberta fixo num ponto. E avançando vitorioso, cravou o florete no reboco.

Mais rubra que o rubro brocado, uma mancha de sangue espalhou-se lentamente pelo afresco. Sem gemido, sem que sequer ondejasse a cortina pintada, o corpo amolecido do amante escorreu por trás dela, vindo cair a seus pés com um baque.

No caminho da volta

Todas as noites, antes de deitar, despedia-se para sempre da mulher e dos filhos, sem que nada, naquela casa, lhe pertencesse a ponto de retê-lo.

Há muito sonhava.

Longas viagens que no escuro do quarto o levavam a terras incandescentes, parado o corpo sobre a cama, enquanto o outro, sem limites, percorria mundos.

E não podia prever a noite em que, presas as asas do seu sonho em palmeiras de coral, se veria impedido de voltar.

Embora sem náusea

Jantava com a amante em restaurantes espelhados.

Mal acabava o *maître* de flambar a sobremesa, ia ele se trancar no banheiro. Com a mão metida funda na garganta, vomitava vermelhas lagostas, sanguíneos molhos, e as labaredas do conhaque.

Depois ia para casa, jantar com a esposa.

Deitava com a amante em espelhados motéis.

Mal corria a água da ducha, já ele se trancava no banheiro. Com a mão metida funda na garganta, vomitava os louros cachos, as louras coxas, as labaredas da amante.

Depois ia para casa, deitar com a esposa.

Do alto deste pedestal vos contempla

Querendo ser eternizado em imponente estátua equestre, que do alto de um pedestal dominasse a cidade, o ditador mandou chamar o melhor escultor do país, e durante semanas posou, devidamente montado num cavalo de pau. O resultado, entretanto, nem de longe o satisfez. Faltavam a altivez dos traços, o grandioso do gesto, nem fazia o peito encovado justiça à força que abrigava.

Fuzilado o escultor, outro foi convocado. O qual, não sendo o melhor, produziu estátua ainda mais mesquinha, para tristeza e fúria do modelo. Em breve, os poucos escultores restantes haviam sido chamados e despachados, sem que qualquer dos seus trabalhos parecesse sequer aceitável ao ditador. E requisitaram-se os entalhadores, depois os santeiros, e até mesmo os ceramistas. Mas nenhum deles parecia saber captar a nobreza do líder. E a este não restou senão uma solução.

Mandou construir imenso caixote de madeira, no qual entrou no dia aprazado; montado no seu fiel tordilho e trajado em alto uniforme, com plumas e condecorações. Erecto sobre a sela estufou o peito, empinou o queixo, levantou o braço direito em gesto cívico, e deu um puxão nas rédeas. Quando o cavalo ergueu-se sobre as patas traseiras, um breve aceno da cabeça bastou para que os operários abrissem as canaletas, despejando a pasta de gesso até encher completamente o caixote, garantia de um molde perfeito onde coaria o bronze.

Como se fosse na Índia

Quando ele soube que ia morrer, comprou uma serra, um formão, e durante semanas, com as poucas forças que lhe restavam, empenhou-se em destruir os móveis do apartamento, reduzindo armários, mesas, cadeiras, molduras e consoles em cavacos de pau que ordenadamente empilhava no centro da sala.

A mulher acompanhava o labor, varrendo o entulho, cuidando para que ele não se cansasse demais, sempre disponíveis na bandeja a xícara de cafezinho ou o copo d'água. E estando tudo pronto afinal, quando já se esgotava o tempo do homem, subiu ela no alto da pilha, atenta para não derrubar o cuidadoso arranjo.

Deitada lá em cima, ainda tirou com a mão uma teia de aranha do lustre. Depois vasculhou o bolso do avental, e estendeu para o marido a caixa de fósforos.

A grande fome do Conde Ugolino

Quando não houve mais prantos e gritos, sua descendência toda brilhando em ossos pelo chão, tirou enfim do bolso a cópia da chave, abriu a porta, e palitando dos dentes a doce carne da sua carne, desceu a longa escada da torre.

No aconchego da grande mãe

Durante 40 anos gerou filhos que, ampla e generosa, continuava a abrigar no ventre passado o tempo da gestação. Por que atirá-los no mundo se, mãe, a todos podia conter e alimentar?

Achando porém necessário dar-lhes boa educação, fez quatro vezes o serviço militar para atender às necessidades cívicas dos seus filhos homens, e completou oito cursos de corte e costura para garantir o futuro das suas filhas mulheres.

Já estava quase chegando à velhice, quando a doçura de netos começou a lhe parecer mais desejável do que tudo. Não resistindo, deitou-se enfim no centro da cama, e, abertas as poderosas coxas, começou o esforço. Em vão suou lençóis e fronhas, em vão inchou as veias do pescoço. Passadas horas, passados dias em que sem descanso lutava para expelir, compreendeu: por amor e segurança seus filhos se recusavam a deixá-la. Nunca seria avó.

Então a tristeza abateu-se sobre ela. Emagreceram as pernas, emagreceram os braços. Só a barriga não emagreceu, vagando imensa pela casa. Mas a pele se fez cada vez mais fina, e em certas horas da manhã, quando a luz bate clara e penetrante sobre o ventre de opalina, já se podem ver os rapazes garbosos na ordem unida, e as moças que cosem infindáveis camisolas.

De cabeça pensada

Tinha 30 anos quando decidiu: a partir de hoje, nunca mais lavarei a cabeça. Passou o pente devagar nos cabelos, pela última vez molhados. E começou a construir sua maturidade.

Tinha 50, e o marido já não pedia, os filhos haviam deixado de suplicar. Asseada, limpa, perfumada, só a cabeça preservada, intacta com seus humores, seus humanos óleos. Nem jamais se deixou tentar por penteados novos ou anúncios de xampu. Preso na nuca, o cabelo crescia quase intocado, sem que nada além do volume do coque acusasse o constante brotar.

Aos 80, a velhice a deixou entregue a uma enfermeira. A qual, a bem da higiene, levou-a um dia para debaixo do chuveiro, abrindo o jato sobre a cabeça branca.

E tudo o que ela mais havia temido aconteceu.

Levadas pela água, escorrendo liquefeitas ao longo dos fios para perderem-se no ralo sem que nada pudesse retê-las, lá se foram, uma a uma, as suas lembranças.

Nunca tiveram muito a se dizer

Não se falavam. Desde a noite de núpcias, quando olhando o corpo recém-possuído ele se expressara de forma pouco nobre, ela deixara de lhe dirigir a palavra.

Em silêncio, sem que jamais um se dirigisse ao outro, viveram juntos 50 anos. Data em que filhos, netos, noras e genros organizaram grande festa comemorativa, reunidos todos para enaltecer os patriarcas. Erguia-se justamente o brinde, de pé a família ao redor da grande mesa, quando pela primeira vez, em voz alta e clara, ela o chamou pelo nome.

Como uma bala, como uma faca, a palavra enterrou-se no peito do homem, abrindo dupla ferida. Pois embora sendo seu nome, pronunciado por aquela boca não o representava, a ele que nunca mais dera à mulher o direito de nomeá-lo. Assim ela o desrespeitava frente à descendência.

Pálido, apoiou-se com as mãos espalmadas sobre o tampo de mármore, e num impulso assassino revidou, sibilando entre dentes o nome da mulher. Ela cambaleou, levou a mão à boca como quem ampara uma golfada de sangue. Mas já a família batia palmas, e a sala toda estremecia ao som do coral doméstico que entoava Parabéns Pra Vocês.

É só não tomar conhecimento

Com a escova de dentes na mão, pousa a lagarta verde da pasta sobre as cerdas, e levanta o rosto para o espelho, entreabrindo os lábios em esgar higiênico. Mas no gesto rotineiro a rotina se rompe, e não é a si mesmo que vê. Outro é o rosto que, contido no vidro, o encara sem sorriso ou reconhecimento.

Em pânico, querendo segurar-se na objetividade dos atos práticos, abre o espelho, porta do armarinho do banheiro. E eis que no reverso, costumeiro como sempre, seu rosto espera, de lábios entreabertos, que ele comece a escovar os dentes.

Corre a água sobre a escova levando os últimos restos de pasta. E enxugando a boca com a toalha, ele pensa que o fato afinal não foi tão grave, um susto apenas. Bastará deixar a porta aberta, ignorando o outro, para que tudo continue como antes.

Porque os prazeres já não podiam ser os mesmos

Quando ela se foi, deixando-o sozinho, chamou o jardineiro e mandou cortar a enorme mangueira do quintal, que todos os anos cobria o chão com seus frutos.

Depois chamou o pedreiro e mandou destelhar a casa. Chamou os vizinhos e deu-lhes todos os móveis, menos um.

No quarto vazio, onde agora chovia, fazia sol e breve começariam a nascer musgos, começou então a viver sua nova vida de anacoreta, esmerando-se em ocupar, de braços e pernas abertos, todo o espaço da cama de casal.

Melhor um mágico na mão que dois voando

Discretamente maquilado, sorri o pálido rosto do mágico debaixo dos refletores, enquanto no alto a mão volteia, se espalma, e em gesto de quase dança mergulha seca na cartola.

Mas algo parece retê-la lá dentro. Esforça-se o mágico, puxa, joga para trás o peso do corpo. Tenta sorrir para o público. E já o antebraço afunda na cartola, some o cotovelo. Ainda luta cravando a outra mão no tampo da mesinha. Depois os pés. Inútil. O ombro é tragado no vórtice das abas, nem se salvam o pescoço esticado, a cabeça. Diante da plateia expectante que acredita tratar-se de um novo truque, todo o corpo desaparece pouco a pouco, num último adejar das caudas do fraque.

No fundo de cetim preto, triunfa o coelho. Pela primeira vez, conseguiu botar um mágico na cartola.

Sem novidades do *front*

Esperava que o marido voltasse da guerra. Durante os primeiros anos, quando ele certamente não chegaria, preparou compotas. Depois, a partir do momento em que o regresso se tornava uma possibilidade iminente, assou pães, e a cada semana uma torta de peras, enchendo a casa com o perfume açucarado que, antes mesmo do seu sorriso, lhe daria as boas-vindas.

Um dia chegou o vizinho da frente. No outro chegou o vizinho do lado. E seu marido não chegou. Voltaram os gêmeos morenos. Voltaram os três irmãos louros. E seu marido não voltou. Aos poucos, todos os homens da pequena cidade estavam de volta a suas casas. Menos um. O seu.

Paciente, ainda assim ela espanava os vidros de compotas, abria em cruz a massa levedada, e descascava peras.

Há muito a guerra havia terminado, quando a silhueta escura parou hesitante frente ao seu portão. Antes que sequer batesse palmas, foi ela recebê-lo, de avental limpo. E puxando-o pela mão o trouxe para dentro, fez que lavasse o rosto na pia mesmo da cozinha, sentasse à mesa, enfim um homem no espaço que a ele sempre fora dedicado.

Encheu-lhe o copo de vinho, serviu-lhe a fatia de torta. Profunda paz a invadia enquanto o olhava comer esfaimado. E esforçando-se para não perceber que aquele não era o seu marido, começou a fazer-lhe perguntas sobre o *front*.

Sem novidades do *front* (II)

Da soleira, viu o marido sair pelo portão do jardim, apagando-se aos poucos na bruma espessa daquela manhã de outono. E então começou a esperar que voltasse da guerra.

Lançou os pontos da suéter com que o aqueceria, semeou nabos na horta para a sopa farta, e esmerou-se em arrancar brilhos dos metais da cozinha, a fim de que ele soubesse, ao chegar, que nem um hálito de poeira se depositara sobre sua ausência.

Porém as suéteres se empilhavam na cômoda, e os nabos haviam sido várias vezes colhidos e semeados, sem que dele viesse notícia ou carta. E embora ela lustrasse e tricotasse com igual devoção, o momento chegou em que não era mais possível manter viva a esperança, nem bastava renovar a lavanda nas gavetas para prolongar a espera. Era preciso decidir.

Mas, a ter que reconhecer, depois daqueles anos todos, que ele não voltaria porque nunca tinha havido guerra alguma, preferiu vestir luto. E decretar-lhe a morte, em terras distantes, a serviço da pátria.

Para sentir seu leve peso

Guardava o rouxinol numa caixinha. Tudo o que queria era andar com o rouxinol empoleirado no dedo. Mas se abrisse a caixinha, ah! certamente fugiria.

Então amorosamente cortou o dedo. E, através de uma mínima fresta, o enfiou na caixinha.

Bela como uma paisagem

Casou com ela porque pressentiu, debaixo da seda do vestido, uma certa ânsia indócil das carnes, desejo de expansão ainda não realizado. E embora no princípio, ainda magra, lhe parecesse agulha perdida no palheiro dos lençóis, logo percebeu que não se enganara.

Fome e gula habitavam a esposa. Com que prazer os lábios faziam-se em ponta sugando sopas, mamando o licor dos bombons, chupando os ossos das aves enquanto a língua procurava o secreto tutano. Com quanta volúpia aqueles mesmos lábios se arreganhavam abrindo espaço para que os pequenos dentes pontiagudos afundassem nas carnes, arrancassem nacos do pão, dilacerassem as frutas, partindo, mascando, moendo incessantes, sempre sob o comando de um novo desejo.

E, como se tocados pelo próprio movimento dos maxilares, estufavam-se os peitos, enchiam-se as coxas, o corpo todo ampliava suas fronteiras. Curvas surgiam onde antes se adivinhava o perfil dos ossos, volumes inchavam as antigas planícies. Já não cabiam as roupas, faziam-se pequenos os sapatos.

Seduzido, ele acompanhava o levedar. Não precisava mais procurá-la entre os lençóis. Onde quer que se virasse, onde quer que apoiasse a mão, lá estava ela macia, enorme, acolhedora, cheia de saliências onde segurar, cheia de consistências em que afundar os dedos.

Desdobrando-se o corpo da mulher, fez-se necessária cama maior. E quando mesmo essa não foi mais capaz de contê-la, outra foi encomendada, perfazendo superfície de muitos metros quadrados, e exigindo, por sua própria dimensão, ser colocada na sala.

Agora, impossibilitada de levantar-se, já que as pernas não lhe suportariam o peso, a mulher consumia em sua imensa cama as bandejas de guloseimas que o marido, solícito e constante, providenciava. Nem sobravam farelos, que ela catava com a ponta dos dedos e, entrefechando os olhos, depositava extática sobre a língua.

Mais e mais aumentava a mulher. Há muito havia estourado a pulseirinha que ele lhe pusera no tornozelo. Há muito desistira de vestidos ou camisolas. Nua, sua branca imensidão jazia sobre os lençóis, perdido o sexo entre as dobras da carne, invadido o espaço por ancas e nádegas.

Olhando o pálido ventre que em dunas se estendia como um deserto, o homem pensava que em breve também aquela cama não seria suficiente. Teria então que transportar a mulher para o ar livre, onde nada tolhesse o seu crescer.

E haveria de chegar o dia da sua maior beatitude, quando, deitado no cume do seio esquerdo, veria o sol se pôr atrás do direito.

No mar sem hipocampos

Assim que anoiteceu, saiu para pescar. Peixes não, estrelas.

Afastou-se da casa, atravessou um campo até o seu limite.

Na linha do horizonte, sentado à beira do céu, abriu a caixa das frases poéticas que havia trazido como iscas. Escolheu a mais sonora, prendeu-a firmemente na rebarba luzidia.

Depois, pondo-se de cabeça para baixo, lançou a linha no imenso azul, deixando desenrolar todo o molinete.

E, paciente, enquanto a Lua avançava sem mover ondas, começou a longa espera de que uma estrela viesse morder o seu anzol.

Casanova, de amor rasgado

Sem exércitos, embora, conquistava.

Esmerava-se ao cortejar. Tirava o chapéu emplumado, fazia mesuras. Punha renda nas palavras e mel nos gestos.

Esmerava-se ao amar. Molhava o beijo atrevido, perseguia entre os cabelos, lábios e lóbulos. E com os dedos florescia orquídeas.

De tanto buscar o chapéu no alto da cabeça, e em arco voltear com ele frente às eleitas, esgarçou-se porém a pele do cotovelo. Perigo que ele cuidadoso afastou, cerzindo com linha fina, não ficasse patente o conserto.

Pouco tempo passado, foi a vez de se puírem os joelhos, estribos do corpo, atritados contra o linho dos lençóis nos infindáveis corcoveios. Desgaste a que ele pôs reparo com pontos firmes, duplicando as laçadas, mais resistência sendo necessária nesse ponto de apoio e rotação.

E estando já empenhado na restauração de si, aproveitou para alinhavar alguns fios de seda na cintura, não houvesse os constantes minuetos, mesuras, galopes a lhe minar também parte tão exigida.

Preparava-se, então, para viver novamente feliz, quando numa noite de vitórias, pronto a mais uma vez desvendar úmido abismo, ouviu um som seco de laceração. E para supremo horror viu desenhar-se sobre o corpo pálido da amada um rastro escuro, serpentear da serragem que, incontida, escapava pelo rasgão do membro.

Na claridade da noite

Guiava o cego. Quando o sol da manhã apunhalava a janela entornando sobre a mesa seu calor, sabia que o outro, lá embaixo no térreo, começava a esperar. Descia um lance de escadas, não mais. E, no entanto, a cada dia era preciso retomar a medida dos degraus, como se o tempo escuro da noite os houvesse podido alterar.

O cego se deixava levar pelo braço. Nunca pela mão. Que precisava dela livre para prever o vazio. Mas pelo braço, entregue rígido e seco como um cajado, permitia que ele inventasse seu rumo.

Sempre o mesmo, porém. Escorados um no outro, acompanhavam sem esforço o declive aparente da rua, criado apenas pela necessidade que esta tinha de desaguar na praça. E sentavam-se num banco.

Parados, a dureza da pedra transmitindo alguma segurança às nádegas, cabia-lhe então guiar a imaginação do cego através da luminosidade ofuscante, relatar-lhe com detalhes tudo aquilo que acontecia.

Só aos domingos ultrapassavam a praça, aventurando-se até a beira do mar, quando o banco era substituído pela amurada de cimento, sobre a qual longamente se debruçavam aspirando maresias.

Inventar uma vela que se inclinava ao longe para não rasgar o horizonte, repetir as escamas da água ou as lantejoulas das folhas, avisar que nuvens se adensavam ameaçando chuva. Esse era o seu trabalho. E através das suas palavras, aquele outro que havia nascido cego, saindo de uma escuridão para outra, sem descrições possíveis, armava o infinito mosaico de uma visão inventada, que nele habitaria para sempre indelével.

Inventar um galho que se inclinava ao longe para não rasgar o voo de um pássaro, repetir as lantejoulas da água ou as escamas das folhas, avisar que as nuvens se esgarçavam anunciando bom tempo. Esse era seu prazer. Porque através das suas palavras, ele próprio que, ao longo dos anos, e sem deixar que o outro percebesse, havia resvalado para uma cegueira leitosa e sem formas, mantinha intacto na memória o precioso mosaico da visão, habitando sua vida de cores para sempre indeléveis.

Prova de amor

"Meu bem, deixa crescer a barba para me agradar", pediu ele.

E ela, num supremo esforço de amor, começou a fiar dentro de si, e a laboriosamente expelir aqueles novos pelos, que na pele fechada feriam caminho.

Mas quando, afinal, doce barba cobriu-lhe o rosto, e com orgulho expectante entregou sua estranheza àquele homem: "Você não é mais a mesma", disse ele.

E se foi.

Cena de Fellini ao cair da tarde

Lenta e prazerosamente, adormece na banheira. Mas na transparência tão igual, que não trai nenhum movimento, a torneira continua aberta. E a água sobe silenciosa, até alcançar a beira de porcelana, inchar-se num instante de hesitação, para logo deslizar redonda ao longo dos azulejos, alcançar o chão, fazer seu caminho em direção aos tacos da sala.

Sem borbulhas, sem pressa, corre a água pelo apartamento. Nunca porém ultrapassando aquela mesma altura no peito do homem que, sentindo-se acariciado, mais sereno dorme.

O dia está quase acabando quando ele acorda, num sobressalto, trespassado por um grito marítimo de sirene. Através da porta aberta, além do corredor, vê a silhueta gigantesca recortando-se contra a parede rosa da sala. E chega-lhe tênue o som de um *fox-trot* que a banda de bordo executa, enquanto o transatlântico, luzes acesas no crepúsculo, desliza sobre a água escura.

O prazer enfim partilhado

Estando ele acorrentado à parede de tijolinhos da sala, esmerava-se ela, diligente, em tirar do seu fígado a refeição diária. Limpo avental embabado, afiada faca cintilando como o sorriso, e a pontualidade da fome. Tirava um bife bem tirado, de cada vez. Não mais. A água subindo à boca junto com o orgulho pelo seu homem, capaz de recompor as células, e sempre fornecer-lhe alimento, satisfazer-lhe a gula.

Em segredo, porém, nos raros momentos de solidão, ele serrava os grilhões. Milímetro a milímetro cravava no aço os dentes da minúscula serra, abrindo caminho, varando em som estridente o apartamento vazio. Tarefa que culminou no repentino silêncio daquela manhã, quando ainda incrédulo soltou um pulso. Depois o outro. E, pela primeira vez debruçando-se sobre a abertura ensanguentada do seu ventre, viu palpitarem as vísceras.

Livre, saberia finalmente como era o prazer da mulher, há tantos anos satisfeito na sua frente, sem que dele nunca pudesse participar. Já a boca salivava do novo desejo. Meteu

CONTOS DE AMOR RASGADOS 167

as mãos por entre aquela vida quente e viscosa, os dedos tateando pulsações, até sentir a massa veludosa, lisa seda, volúpia deslizante do seu fígado. Que arrancou num só golpe. E que, entre suspiros e gemidos, devorou.

Antes de alcançar o cabo da Boa Esperança

Meses de grande delicadeza haviam sido necessários para que, com precisão e pinças, o veleiro surgisse dentro da garrafa. Por fim, bastou puxar um fio, e os mastros se ergueram, içando velas e bandeiras.

Pensas, porém, sem vida nenhuma a palpitar-lhe os panos, fizeram-lhe perceber o que faltava. E em corrida dirigiu-se ele ao ancoradouro, para colher, com a boca da garrafa voltada a sudoeste, o mais indomável dos ventos.

Sim, agora, colocada a rolha e gotejado o lacre incandescente, via panejarem as velas, agitarem-se as flâmulas na breve rota marítima contida pelo vidro. Mas a cada respiro o vento inchava as ondas pintadas no fundo da garrafa, repicando-as em espumas, corcoveando-as cada vez mais altas, até lançá-las por sobre a amurada, varrendo do convés cabos e baldes. E num instante de pânico ele percebeu que não conseguiria arrancar a rolha a tempo de salvar os passageiros levados pela água, os oficiais arrastados do tombadilho de comando, onde em vão tentavam salvar o veleiro, já à deriva.

Sem que de nada tivesse adiantado o *Titanic*

Pintava a casa. Todos os dias, depois do trabalho, pegava lata e pincel, arrastava a escada para junto da parede e retomava o serviço iniciado tantos anos antes.

"Uma casa é como um navio", sentenciava cheio de sabedoria. "Quando a gente acaba de pintar de um lado, o outro já está pedindo tinta."

E à noite, na cama, virando-se para dormir, dizia para a mulher sobre a felicidade da vida em comum: "O importante é a manutenção."

Pintado, conservado, o casamento ia singrando o tempo. E ele tão seguro ao leme, que não viu quando aquele homem manobrou para aproximar-se da sua mulher. Não se deu conta quando abordou. Não percebeu quando entrou em rumo de colisão. Não acreditou quando abalroou o amante quase invisível.

E continuava no leme, sem acreditar, pintando e emassando, quando seu casamento, lentamente, naufragou.

Além dos espelhos dourados

O apartamento simples, quase despido, não o satisfazia. Sonhava com casa luxuosa, brilhos de palácio.

Longas economias trouxeram o piso de mármore, alternância de preto e branco para passos de valsa. Sacrifícios impostos aos filhos e à mulher permitiram o lustre de pingentes, os muitos watts. A cada ano, um novo espelho refletia acréscimos entre molduras douradas.

Por fim, conquistada a cama com dossel e a banheira de alabastro, sentou-se na poltrona de alto espaldar. E resvalando sobre os coxins de damasco, entregou-se a sonhos de simplicidade.

Plano matrimonial

Botou o anúncio no jornal, procuro homem sincero. Pedia foto.

E a foto chegou, junto com a primeira carta. Preto e branco, corpo inteiro do quepe à botina, homem de farda. Gostou.

Escreveram-se mais. Foto só aquela, que ela admirava encaixada em moldura de espelhos, perguntando a si mesma se seria de fato tão garboso. E mais se escreveram.

Chegando a hora afinal de confirmarem boas intenções para compromisso duradouro, mandou ela carta pedindo que a buscasse em casa para o primeiro encontro.

Para o qual toda se acendeu, resplandecendo em roupa e penteado novos, as unhas laqueadas tirando estalidos de pulga umas das outras em ânsia de curiosidade.

Levantou-se ao toque da campainha. E diante da porta aberta percebeu que, sim, era um homem sincero. Encarando sua perplexidade, ele lhe sorria emoldurado no umbral, exatamente idêntico à fotografia: preto e branco do quepe à botina, liso e brilhante. E numa única dimensão.

Dormiremos à sombra

Não sabia dormir com luz. Assim que clareava o dia, amarrava um lenço preto sobre os olhos e continuava o sono em profunda noite.

Em plena revolução, foi preso e condenado à morte. Tremia. Permitiram que sentasse diante do pelotão de fuzilamento. O padre trouxe a extrema-unção. O capitão trouxe a venda.

Antes que fosse dada a ordem de atirar, o pano preto fez noite em seus olhos. E encostando a cabeça no espaldar, adormeceu.

Porque era frio nas horas mais ardentes

Foi na estação de águas, ao repousar contra um tronco, que ela conheceu aquele *boa constrictor.* Era discreto, persuasivo e muito sedutor. Logo tornaram-se amantes.

Todas as tardes, quando langor e achaques prendiam os hóspedes em seus quartos, ela ia encontrá-lo no canto mais sombrio do parque. E o mormaço, o beijo bífido, as espirais amorosas que mal lhe permitiam respirar levavam-na a delícias nunca pressentidas.

A hora da partida forçou a constatação: já não podia abrir mão de prazer tão intenso. Enrolado o *boa* numa valise, viajou com ele até sua casa, e o instalou no banheiro. Ali ele poderia fugir para o terraço em caso de perigo, ou esquivar-se atrás da banheira. Ali poderiam se amar livres de riscos, sem observância de tempo, trancada a porta a toda curiosidade.

Nunca antes tomara ela tanto banho. Queixava-se em voz alta de calor, sujeira, cansaço. E controlando o passo que sentia urgente, entrava no banheiro. O rodar da chave e um breve apelo bastavam para que o *boa* deslizasse em sua direção. Lisa e fria carne a possuía então, coleando nas suas curvas, escorrendo rija sobre a pele. Ardente, ela cravava as unhas na felpa do tapete, enquanto a água do chuveiro aberto encobria silvos e suspiros.

Uma tarde, porém, extemporâneo, entrou o marido no banheiro. E ao som da chave, acreditando tratar-se da amada, o *boa* sôfrego de amor saiu do esconderijo. Depararam-se os dois num mesmo espanto. Rápido, o homem correu ao quarto, apanhou o revólver. Dois estampidos, um filete de sangue. Sobre o branco piso já não farfalham escamas. A morte lentamente suga a força túrgida. Como uma pincelada escura jaz, flácido, o corpo do *boa*.

Uma vítima, um troféu. Que o defensor do lar recolheu e enviou a um especialista, a fim de que, tirado e curtido o couro, dele se fizessem sapatinhos de salto alto e um belo cinto para sua mulher.

Em ocasiões de gala pede-lhe, orgulhoso, que os use. Não sabe que ao rodear a cintura com a pele escamada ela suspira enamorada. E apertando bem a fivela, está mais uma vez presa no sufocante amplexo do seu amante.

Estrela cadente no céu da cidade

Fim de tarde cansado e vermelho. Naquele edifício fosco como uma muralha, homens e mulheres de volta do trabalho retomam seu viver doméstico.

Movem-se nos quartos, banheiros, salas e cozinhas, geometricamente superpostos, abelhas de um estranho alveário em que cada alvéolo ignora o vizinho. Ninguém chega à janela. As televisões estão ligadas.

Assim mesmo, muitos ouvem quando um acrobata de malha prateada despenca com um grito no meio do pátio.

Reunidos em espanto ao redor da rara estrela ensanguentada que ilumina o cimento, alguns levantam a cabeça.

Só então percebem o fio esticado no alto, caminho improvável entre dois prédios, risco de faca cortando o céu que escurece.

Com a honra no varal

Preparando-se para abrir o nicho na parede, não tinha dúvidas: a esposa adúltera seria emparedada viva. E enquanto ela trancada no banheiro aguardava seu destino, ele, talhadeira em punho, esmerava-se no acerto justiceiro, consciente de que o tempo de espera, compassado pelas batidas soturnas do martelo, prolongava o suplício.

Voa a caliça, deposita-se o pó sobre a *etagère*. Abrindo brechas nos tijolos, ele antegoza o prazer que virá nos dias futuros, momento de sentar-se à mesa para o almoço, sabendo a mulher lacrada entre cimentos, invisível e presente, presa a seu lado no eterno castigo. Cacos se acumulam no tapete invadindo a cena da caçada persa. E ele pensa que à noite, quando com lavada honra deitar-se entre lençóis, saberá, orgulhoso de si, que recompôs o destino por um instante ameaçado.

Bate o martelo enquanto, como um cruzado, ele regressa do seu próprio pensamento. E no caminho da volta se detém frente à imaginária mesa, que ninguém pôs, onde nenhum almoço o espera. E para adiante, junto à cama descomposta, ninho de sujos panos embolados, que ninguém troca ou lava, onde ninguém, além dele, se deita.

Corre o suor na testa, empastado de pó. Mais alguns golpes, e a abertura estará pronta, faltando apenas preenchê-la com a mulher e seu pecado.

De pé entre os escombros da parede, ele baixa lentamente o martelo, deixa pender a talhadeira. Sim, conclui, talvez seja melhor esquecer os tijolos, e fechar a abertura apenas com uma porta.

A honra passada a limpo

Sou compulsiva, eu sei. Limpeza e arrumação.

Todos os dias boto a mesa, tiro a mesa. Café, almoço, jantar. E pilhas de louça na pia, e espumas redentoras.

Todos os dias entro nos quartos, desfaço camas, desarrumo berços, lençóis ao alto como velas. Para tudo arrumar depois, alisando colchas de crochê.

Sou caprichosa, eu sei. Desce o pó sobre os móveis. Que eu colho na flanela. Escurecem-se as pratas. Que eu esfrego com a camurça. A aranha tece. Que eu enxoto. A traça rói. Que eu esmago. O cupim voa. Que eu afogo na água da tigela sob a luz.

E de vassoura em punho gasto tapetes persas.

Sou perseverante, eu sei. À mesa que ponho ninguém senta. Nas camas que arrumo ninguém dorme. Não há ninguém nesta casa, vazia há tanto tempo.

Mas sem tarefas domésticas, como preencher de feminina honradez a minha vida?

Em memória

Usava o véu negro da viuvez. Há tantos anos de luta, não se permitia sequer um chá de caridade ou um bingo beneficente. Concentrava-se na dor e no sacrificado rigor do seu comportamento. Nem sorria aos vizinhos no elevador, apenas baixava a cabeça, contrita, como quem soluça. Era uma mulher ensimesmada na perda.

Tão ensimesmada, que uma tarde, querendo falar daquele que se fora, em vão o procurou na memória. Ali já não estava. Resvalando entre suspiros e negros panos, havia se apagado lentamente. Até tornar-se para sempre perdido, com seu nome.

Na água o tempo nada

Desde aquela tarde em que, debruçando-se quase por acaso sobre a bacia cheia d'água, vira ali projetada a morte da vizinha, tornara-se vidente. Pessoas passaram a procurá-la para desvendar o tempo. Longas filas sempre renovadas ancoraram-se em sua porta.

E ela, diante da bacia, na penumbra constante do quarto, via desfilar o futuro. Dos outros. Pois toda vez que tentava concentrar-se no seu, toldava-se a água como fosse leite, e era preciso trocá-la, para procurar então na limpidez o destino de outra pessoa.

Tudo acontecia na bacia. Nada acontecia na sua vida. Cada dia era a repetição do dia anterior, embora fossem outras as pessoas, e sempre outras as cenas líquidas que para ela se desenhavam. Nem parecia passar o tempo, negros os cabelos dos quais nenhum fio se desprendia do pente, liso o rosto que a mesmice das horas não alterava.

Abria a porta de manhã, e entrava a primeira pessoa. Fechava a porta à noite sobre a última que se ia. Em vão esperava que alguém viesse para ficar. Inutilmente esperava que alguém se incorporasse à sua vida.

Muitos anos se foram, sem que o olho leitoso e cego da bacia lhe desse resposta. Mas chegou o momento em que, deixando de procurá-la na água, num súbito rasgar-se do seu conhecimento mais denso, compreendeu afinal. Nenhum futuro lhe estava destinado. Só o presente. E afundando em terror soube que o tempo por vir nunca viria, perdido que estava desde aquela primeira tarde quando, sem saber, o trocara pelo futuro alheio.

Direto do trabalho

Era ela botar os pratos na mesa para o almoço e poouuumm! entrava-lhe o marido projetado pela janela adentro com um estrondo. Sacudia invisível poeira da roupa, tirava o capacete, e sentava-se à mesa com os filhos.

Mas depois de alimentado, pesado o estômago de cerveja e carnes, esquecia a janela e saía pela porta da frente como qualquer marido. Da rua, ainda acenava para trás, encaminhando-se para o trabalho no circo, onde à noite brilhava em seu número de homem-bala.

Um perfil partido em dois

Quando viu seu perfil louro, claro, iluminado, soube com quanta força a amaria. Mas, como num mural egípcio, era só de perfil que ela se mostrava. Não o corpo, que movia graciosa, levemente agitando seios e ondulando braços. A cabeça, porém, sempre de lado. O queixo apenas levantado, o olhar perdido à frente, a boca sem sorriso, e um pequeno sinal junto do lábio.

Como uma bússola, aquele rosto se orientava para o ombro direito, sem que vento ou chamado pudessem desviá-lo. Amou assim, a princípio, a metade que via. E com mais intensidade do que jamais havia amado tantos rostos inteiros. Aos poucos, entretanto, perguntando-se como seria o outro lado, e tentando recriar na imaginação o perfil esquerdo que, embora sendo igual ao direito, certamente não o era de todo, talvez fazendo-se mais suave na curvatura, ou cortante com um toque de crueldade.

Teria o outro lado idêntico sinal sobre o lábio? Feita a pergunta, tentou apagar com o olhar o pequeno sinal escuro que sempre havia atiçado seu desejo. E o rosto, por um instante livre daquela marca, pareceu-lhe mais bonito. Sim, talvez o perfil esquerdo, que para ele tinha sido até então somente sombra, fosse iluminado por luz mais radiosa, e mais claro brilhasse que o direito.

Assim foi que, dia a dia, deslizou seu amor para o lado que não via, enquanto o que lhe era oferecido parecia progressivamente perder seus atrativos. E quanto mais aumentava o desencanto pela metade exposta, mais se sabia preso a ela para sempre. Pois a mesma linha que, contra a luz, recortava o perfil agora indiferente, era a fronteira que delimitava sua paixão, único traço que o aproximava da amada impossível.

Embora ao largo das ilhas Sirenusas

Todas as tardes, chegando em casa cansado do périplo do trabalho, e por mais que quisesse evitá-lo, via-se envolvido pelo sortilégio das vozes maviosas, dos cantos irresistíveis que lentamente o penetravam arrastando-o para outros mundos, aniquilando qualquer tentativa de reação, e deixando-o entregue a obscuros desígnios.

Só na rua, longe do chamado, conseguia revoltar-se. E foi enquanto ainda lhe restavam forças, que urdiu o plano de ação. Voltando mais cedo aquele dia, pediu à mulher que o amarrasse firmemente à cabeceira da cama. Depois exigiu que coasse cera em seus ouvidos.

Só então, seguro, permitiu que, na sala, ela ligasse a televisão.

Saídos de um quadro de Newton Rezende

Foi para aquela mulher que se dirigiu assim que entrou, atravessando a música com sua roupa marinho, seu boné, e os sapatos pesados de quem precisa manter o equilíbrio no tombadilho ondulante. Foi a ela que preferiu, embora não fosse a mais bonita, nem fosse o mais vermelho seu vestido. Beberam primeiro, na mesinha apertada onde joelhos, mãos, hálitos se encontravam, os seios dela muito pálidos entre garrafas de cerveja. Foram para o quarto depois.

E na cama onde tantos homens haviam passado, este homem cheio de azul cresceu como onda, arrastou-a com sua força, borrifou-a com a maresia que gotejava da testa. Até afundar em sono e calmaria.

A mulher acordou com uma sensação de frio sobre a pele. Protegeu o rosto da claridade, esticou a mão procurando. O homem já não estava ao seu lado. Então abriu os olhos, e sentada nua na límpida luz da manhã, viu que a cama flutuava em alto-mar, pequenas ondas da navegação vindo quebrar-se à beira do colchão. De pé, costas ao vento, o marinheiro desfraldava a vela do lençol.

Que não lhe passe a vida inutilmente

Há 30 anos estava na janela. Na janela comia, na janela bebia, na janela vivia.

Na janela, encaixados os peitos em moldura de braços e carnes, cochilava brevemente, rápido desabar da cabeça logo reerguida.

Nada havia para se ver naquela rua. Nada acontecia.

Mas ela queria ter a certeza de que, quando acontecesse, seria a primeira a vê-la, fato vivo fisgado no arpão da sua vigília.

Sem que fosse tempo de migração

Embora vivendo na gaiola há tantos anos, sua esposa não cantava. Nem ele a culpava por isso. Bastava-lhe a presença vivificando a casa.

Com quanto amor cuidava dela, trocando sua água todo dia, providenciando alimentos que só bem lhe fizessem à saúde. Com quanto encantamento a admirava na hora do banho, apesar do gesto habitual com que ela, sacudindo dos cabelos pingentes de cristal, o obrigava a trocar os jornais com que forrava o fundo. E era sempre com doçura que à tardinha, dando o dia por encerrado, cobria a gaiola com um pano.

Sim, a vida conjugal era cheia de alegrias, repetia para si mesmo quando, chegando em casa com um pacotinho de uvas, deparou com a portinhola aberta. Vazia, a gaiola pareceu-lhe subitamente inconsistente, agora que nada havia para reter seu olhar entre as varetas.

Chamou, sabendo que não teria resposta. Procurou nos quartos, olhou atrás de móveis e portas, lugares onde ela não estaria. Depois debruçou-se à janela como se ela tivesse podido voar, e em alguma cornija ou fio ainda o esperasse.

Mas lá embaixo as pessoas iam a suas vidas. E nenhum rosto era o rosto da mulher.

Então colocou uma cadeira debaixo da gaiola, subiu, ergueu uma perna esgueirando-a com cuidado, levantou-se na ponta do outro pé, puxou para cima o resto do corpo.

Só depois de entrar e fechar com cuidado a portinhola, percebeu que ninguém viria trazer-lhe a noite com um pano.

Uma questão de educação

Viu sua mulher conversando no portão com o amante. Não teve dúvidas. Quando ela entrou, decapitou-a com o machado. Depois recolheu a cabeça e, antes que todo o sangue escapasse pelo pescoço truncado, jogou-a na panela. Picou a cebola, os temperos, acrescentou água, e começou a cozinhar a grande sopa.

Pronta, porém, não conseguiu comê-la. Ânsias de vômito trancavam-lhe a garganta diante do prato macabro. Nunca, desde pequeno, suportara a visão de cabelos na comida.

Um tigre de papel

Sabendo que a ele caberia determinar seus movimentos e controlar sua fome, o escritor começou lentamente a materializar o tigre. Não se preocupou com descrições de pelo ou patas. Preferiu introduzir a fera pelo cheiro. E o texto impregnou-se do bafo carnívoro, que parecia exalar por entre as linhas.

Depois, com cuidado, foi aumentando a estranheza da presença do tigre na sala rococó em que havia decidido localizá-lo. De uma palavra a outra, o felino movia-se irresistível, farejando o dourado de uma poltrona, roçando o dorso rajado contra a perna de uma papeleira.

Em vez de escrever um salto, o escritor transmitiu a sensação de movimento com uma frase curta. Em vez de imitar o terrível miado, fez tilintar os cristais acompanhando suas passadas. Assim, escolhendo o autor as palavras com o mesmo sedoso cuidado com que sua personagem pisava nos tapetes persas, criava-se a realidade antes inexistente.

O quarto parágrafo pareceu ao escritor momento ideal para ordenar ao tigre que subisse com as quatro patas sobre o tamborete de **petit-point.** E já a fera aparentemente domesticada tensionava os músculos para obedecer quando, numa rápida torção do corpo, lançou-se em direção oposta. Antes que chegasse a vírgula, havia estraçalhado o sofá, derrubado a mesa com a estatueta de Sèvres, feito em tiras o tapete. Rosnados escapavam por entre letras e volutas. O tigre apossava-se da sua natureza. Já não havia controle possível. O autor só podia acompanhar-lhe a fúria, destruindo a golpes de palavras a bela decoração rococó que havia tão prazerosamente construído, enquanto sua criatura crescia, dominando o texto.

Impotente, via aos poucos espalharem-se no papel cacos de móveis e porcelanas, estilhaçar-se o grande espelho, cair por terra a moldura entalhada. Não havia mais ali um animal exótico na sala de um palácio, mas um animal feroz em seu campo de batalha.

O escritor esperava tenso que o cansaço dominasse a fera, para que ele pudesse retomar o domínio da narrativa, quando o viu virar-se na sua direção, baixar a cabeça em que os olhos amarelos o encaravam, e lentamente avançar.

Antes que pudesse fazer qualquer coisa, a enorme pata do tigre abatendo-se sobre ele obrigou o texto ao ponto final.

Este livro foi composto na tipografia Minion, em
corpo 12/17, e impresso em papel off-white $90g/m^2$
no Sistema Digital Instant Duplex da
Divisão Gráfica da Distribuidora Record.